John W. White

Passages for Practice in Translation at Sight

Part IV: Greek

John W. White

Passages for Practice in Translation at Sight
Part IV: Greek

ISBN/EAN: 9783337187811

Printed in Europe, USA, Canada, Australia, Japan

Cover: Foto ©Andreas Hilbeck / pixelio.de

More available books at **www.hansebooks.com**

Passages for Practice

in

TRANSLATION AT SIGHT.

PART IV.—GREEK.

- - -

BY

JOHN WILLIAMS WHITE, Ph.D. (Harv.),

PROFESSOR OF GREEK IN HARVARD UNIVERSITY.

" Lesen, viel lesen, sehr viel lesen, möglichst viel lesen." — RITSCHL.

BOSTON, U.S.A.:

PUBLISHED BY GINN & COMPANY.

1889.

PREFACE.

THE Series of which this is the first volume to appear will be published in four Parts. Part I. will contain extracts from simple Attic prose writers, and Part II. extracts from Herodotus and Homer. These two volumes are designed for use in Schools, and will be adapted to the needs of boys preparing for admission to Harvard College. Part III. will contain one hundred and fifty extracts from Lysias, Demosthenes, Plato, Homer, Euripides and Aristophanes. Part IV. contains the same number of extracts from Demosthenes, Plato, Xenophon, Herodotus, Thucydides, Homer, Euripides, Sophocles, Aristophanes and Aeschylus. These two volumes are designed for use in Colleges, and present the authors from whose works passages are set each year at Harvard College, in the examinations for Second-Year Honors in Classics, for the purpose of testing the candidate's ability to translate Greek at sight. Elementary directions for reading at sight will be given in Parts I. and II., and Parts III. and IV. will contain in common a brief but more advanced discussion of the same subject. Each Part will be published also in a "Teachers' Edition," containing notes on the passages selected, to be dictated by teachers at their discretion to their classes. Teachers are referred to these editions for suggestions in regard to the best method of using the books and for brief bibliographical information.

The passages contained in the present volume are adapted to the use of Sophomores in Harvard College who are candidates for Second-Year Honors in Classics. The special examination for these Honors was first held in 1872. The special examination of Seniors for Final Honors in Classics was first held in 1871. A part of each of these examinations is the test of the candidate's facility in translating Greek and Latin at sight. The ability of candidates to meet this test has steadily improved since the examinations were instituted. Sophomores are now able, at the end of the year, when the examinations are held, to translate passages formerly given to Seniors. About one quarter of the extracts in this book are passages which have been set in previous years in the Final Honor examinations. About one third are passages which have been set in the Second-Year Honor examinations. The rest have been specially selected.

The phrase 'translation at sight' in the title of the volumes in this Series was chosen advisedly. The books are designed for use in the class-room, and it is intended that the teacher shall make translation the final test of the accuracy with which the student has read. But the processes of reading and translation should not be confused. It is the fatal defect of a method widely in vogue that the pupil translates in order to get the meaning, whereas he should get the meaning first by reading the passage as a Greek would have read it, so far as is possible, and translate afterwards only to show whether or not he has read correctly. The method outlined in the following Introduction requires the passage to be read without translating ; and, if the passage is properly adapted to the pupil's stage of advancement, it will be found entirely practicable in the class-room, where he is reading under the direction of the teacher, to avoid translation altogether while the passage is under discussion. Difficulties, of course, must be discussed, and facts may be stated and suggestions given by the teacher. When, however, the passage has been read in the manner outlined, and read repeatedly if necessary, translations into good, terse English should be made the final test of accuracy. Otherwise teacher and pupil will be alike uncertain as to results. We may confidently hope that the time will come when our pupils will not need to translate the easier Greek authors whom they are reading in large amounts, but will apprehend the thought rapidly, clearly and accurately, as did the Greek to whom it was originally addressed, without the intervention of a foreign tongue. But the ability to read any Greek author in this manner is acquired only by practice, and the possession of this ability should not be taken for granted too early. Only when repeated tests have proved conclusively that the pupil possesses it, may translation safely be omitted.

JOHN WILLIAMS WHITE.

HARVARD UNIVERSITY, August, 1889.

INTRODUCTION.

FRIEDRICH RITSCHL, one of the greatest scholars and teachers that this century has produced, used to urge upon the eager learners who gathered about him the golden precept quoted on the title-page of this book. He spoke from full experience and with deep conviction. From the height of his own achievements, he pointed out in these words the way to scholarship. The classical philologist, he said, must know the ancient languages thoroughly; and the only way in which to acquire this knowledge is to read these languages persistently.*

Teachers of the classics in this country have felt during the last twenty years a growing conviction that the ability to read with rapidity and ease is of prime necessity. The larger the teacher's personal experience, the more clearly he sees that, as on the one hand the Greek and Latin literatures are open only to those who can read the Greek and Latin languages with facility, so also the ability to read these languages in this man-

---

* " Immer bleibt die gründliche Kenntniss der alten Sprachen was den Philologen macht und vom blossen Antiquar oder Historiker der nach Uebersetzungen arbeitet, unterscheidet. ' Lesen, viel lesen, sehr viel lesen, möglichst viel lesen.' " Ribbeck's Biography of Ritschl, II. 278.

The fifth of the amusing but instructive "Zehngebote für classische Philologen," formulated by Lehrs and Ritschl when they were both old men, reads " *Du sollst lesen lernen !* " Ib. 450.

ner is the necessary condition to that study of ancient Greek and Roman life, in all its multitudinous aspects, which marks the scholar. Teachers have come to believe that, whether their pupils are to be simply cultivated men and women, or are to become profound classical scholars, their duty is to give them first a real command over the languages of the two great peoples whose civilization has so deeply impressed modern life.

We may sorely hamper ourselves by bad methods in reading. The function of the volumes in this series is to encourage and aid the use of a proper method. The passages here presented furnish the means for practice in reading and translation at sight. But the fundamental principle of the method employed in reading these passages should be applied to all the reading that the student does. The chief advantage of reading short extracts is that the reader is less likely to yield to the temptation that besets the classical student on all sides, from the very fulness of his apparatus, to avail himself of undue help. Our lexicons, notes, and translations should be a blessing. But they frequently prove to be a curse, enfeebling the memory and weakening the powers of observation and of independent judgment.

To state the principle briefly, the reader should depend upon himself. Whether his knowledge of Greek forms and idioms, of Greek words, and of the facts of ancient Greek life, be large or small, he should always first make honest use of his own resources. Then comes the legitimate and inevitable use of lexicon, notes, and manuals. Reading at sight does not imply the ability to read with perfect understanding at the first glance the text of a work which we have never before seen. It means rather the power to read without aid. The process may be slow at first. The rate is not a matter of essential importance, and necessarily varies with different persons, and with the same person at different stages of his study. But it is of the greatest importance that the reader should tax his memory for knowledge once acquired, that his powers of observation should be alert, and that he should make up his own mind about points of difficulty.

The ease and rapidity with which we read Greek will depend on our command of the forms and idioms of the language, on our acquaintance with the meanings of Greek words, on our knowledge of ancient Greek life, and on the amount of practice which we have had. Persons who can profitably use the present book of extracts will long since have trained themselves in the elementary processes. A full statement, dealing mainly with forms, idioms, and vocabulary, of the principles by which those who are beginning the language should be guided will be made in the introduction to the first two books in the series; but these principles are so important as to demand brief consideration here also.

In order to read, we must have a trustworthy working knowledge of the grammar of the language. This is absolutely necessary, and there is no royal road to its acquisition. The first year's study of Greek is the hard year, even if our aim be, as it should be, the acquisition of purely practical knowledge. We must be able to recognize forms accurately at sight, and must have a clear understanding of Greek laws of construction. But such knowledge is a growth. If a form or idiom occurs in our reading with which we are not acquainted, or if, as is more likely, a form or an idiom occurs which we once knew but have now forgotten, we must patiently turn to our grammars. But this resort to the grammar should not be had until our independent study of the passage has been completed. Then the new fact, or the forgotten fact, should be made a permanent possession against future as well as present needs.

In order to read, we must have also a knowledge of the meanings of Greek words. The acquisition of a vocabulary is necessarily a process of growth. The lexicon must be used constantly, especially in the first years of our reading, but it should never be resorted to until we have made every effort, depending solely on ourselves, to recall or arrive at the meaning of the word that eludes us. A stubborn effort of memory, with the aid of the context, will often restore to our recollection the apparently forgotten meanings of words. The meaning of new words we should endeavour to determine by analysis, that is, we should discover, if possible, the intermediate stems and ultimately the roots from which they are derived. In Greek the derived and compounded words largely outnumber the so-called root-words. Words naturally group themselves in families. To commit words to memory as separate units without regard to their relationship is sheer waste of time. To group them according to their genetic connexion greatly reduces the strain upon the memory. The mnemonic value of association on the lines of form and meaning, the two tests applied in etymologizing, is great. If, however, the meaning of a word cannot be recalled, or be determined by analysis, it should be inferred if possible from the context. When the independent study of the passage has been completed, the lexicon should be diligently used and a list made of all words that have given difficulty. These, properly placed in the groups to which they genetically belong, should then be committed to memory.

But knowledge of forms and idioms, and of the meanings of words, however extensive, is not alone sufficient to enable us to read with true understanding. We must in addition have knowledge of Greek literary and political history, geography, biography, mythology, and antiquities. We must place ourselves as nearly as possible in the position of the ancient hearers or readers of the orators, historians, and poets of Greece whom we are reading. The larger this knowledge, the truer will be our comprehension of what they said and wrote ; without this knowledge we shall in part fail to understand them, and in part fantastically distort the picture they give us by unconsciously using modern associations and ideas in explaining that ancient and in many respects alien civilization.

Whatever knowledge of this sort we possess we must apply. And we must make the utmost effort to recall facts once known. What we need, but do not possess, we must thoroughly acquire. We must have manuals within reach to which to refer. These we need no less than grammar and lexicon. Unfortunately trustworthy manuals in English on some of the subjects named, especially on antiquities, are as yet lacking.

We shall be assisted in reading the extracts in this book if we have some knowledge of the author, of his life, of the times in which he wrote, of the field of his literary activity, and of his works. These facts can be learned from Jebb's Primer of Greek Literature (an excellent little book), Mahaffy's History of Classical Greek Literature, Müller and Donaldson's History of the Literature of Ancient Greece, or Collins's Series of Ancient Classics for English Readers. The dictionaries of biography and the political histories can also be drawn upon. If, moreover, in the analysis that precedes the passage, or in the designation of the work from which it is taken, there is a reference to an historical or mythological personage, to a place or people, or to an historical event, the dictionaries of biography, mythology, and geography, or the political histories should be consulted. These facts should be recalled or learnt before we begin to read. We should not deprive ourselves of the advantage of knowing the setting of the extract which we are about to undertake.

When our independent study of the extract according to the directions given below has been completed, certain matters may still be in doubt which will need investigation. For the facts of political history we may consult Smith's Student's History of Greece, or the histories of Grote, Curtius, or Abbott ; for geography, Smith's Dictionaries or Kiepert's Manual, and Kiepert's Ancient Atlas or Johnston's Classical Atlas ; for biography, Smith's Dictionaries ; and for mythology, Smith's Dictionaries, Murray's Manual of Mythology, or Seemann's Classical Mythology ; for antiquities, Smith's Dictionaries (not always trustworthy), Gow's Companion to School Classics (an excellent book), or Rich's Dictionary (well illustrated) ; and for special departments, Schoemann's Antiquities of Greece for political antiquities, and Guhl and Koner's Life of the Greeks and Romans or Becker's Charicles for the antiquities of private life.*

When any person is sufficiently advanced in his Greek studies properly to undertake the reading of the passages collected in this book, he will have a good knowledge of Greek grammar, the command of an extensive vocabulary, and a considerable acquaintance with the facts of Greek life. Thus equipped he should make the independent study to which reference has above been repeatedly made according to the following directions. These directions are formulated from an extended experience. But when any person has reached this stage of advancement, he will have settled for himself many details in his mode of reading. The important thing for him to do is to read independently of extraneous aid. The reader, as has been said above, before he undertakes any passage should know the principal facts in the life of its author and the general character of the work from which it is taken, and should read carefully the analysis prefixed to the extract.

* The following is a list of small and inexpensive books which would serve the student fairly well as manuals to which to refer for the facts both of literary history and of the other subjects : —Jebb's Primer of Greek Literature, Appleton & Co., N.Y., 45 cts. (or Mahaffy's History of Classical Greek Literature, two vols., Harper & Bros., N.Y., $4.00); Smith's Student's History of Greece, Harper & Bros., N.Y., $1.25; Smith's Student's Classical Dictionary of Biography, Mythology, and Geography, Harper & Bros., N.Y., $1.25; Johnston's Classical Atlas, Ginn & Company, Boston, $2.00; Gow's Companion to School Classics, Macmillan & Co., N.Y., $1.50; Smith's School Dictionary of Greek and Roman Antiquities, Harper & Bros., N.Y., $1.00 (not always trustworthy). A valuable addition would be Guhl and Koner's Life of the Greeks and Romans, Appleton & Co., N.Y., $2.00.

DIRECTIONS FOR READING AT SIGHT.

Read the passage aloud in the original, that is, without translating.

Repeat the reading, if the thought of the passage is not perfectly clear, dealing with the difficulties that arise sentence by sentence, without help from grammars or dictionaries.

Read the passage again rapidly, aloud, in the original.

In reading : —

Observe sharply the forms of words.

Determine the meaning of new words by analysis.

Determine the shade of meaning of any doubtful word from the context, starting from its fundamental idea.

Make the utmost effort of memory to recall facts in history, geography, biography, mythology, or antiquities, that have been previously learnt.

Follow the Greek order strictly in arriving at the thought.

We must read *aloud.* The appeal made to the ear in reading aloud is of great value, since it sharply defines words, phrases, and sentences. It is, moreover, an important aid in etymologizing. The underlying stems of a word are more quickly perceived when it is distinctly pronounced than when it is merely read silently. The rhythm of the sentence also is an important aid in determining its meaning. In reading enunciate distinctly.

The directions in italics must be followed in every reading. But if a second reading of the passage proves to be necessary, the application of the principles embodied in the directions will be more deliberate. This reading may be slow. The passage should now be dealt with sentence by sentence, and the

sentences that give difficulty should, if necessary, be read re-
peatedly. While reaching all conclusions that are certain in
regard to the mutual relations of parts of the sentence and to
. the meanings of words, and while making special effort to re-
call clearly facts in history and the other subjects named above,
suspend judgment on doubtful points until all the obtainable
elements that are necessary to a decision have been recalled
or discovered. If the means of decision are reached, the mind
will settle doubtful cases in the order of their difficulty with
great rapidity. An illegitimate inference drawn in the middle
of a sentence will often prove a complete bar to arriving at its
correct meaning. In determining the exact shade of meaning
· of a doubtful word, start from its fundamental idea, — which
will commonly have a physical application, — and be guided
by the context. Further, in striving to reach the thought of
the sentence, do not painfully piece subject, verb, and modifiers
together as if in a puzzle. This method, although still recom-
mended in some manuals, is pernicious. If we are to learn to
read with rapidity and ease, we must approach the thought pre-
cisely as the Greek reader or hearer did. We must, therefore,
follow the Greek order strictly, and absolutely refuse to arrive
at the thought in any other manner. Thus it will appeal to our
mental consciousness as it did to that of the Greeks to whom
it was originally addressed, and have in our minds exactly the
development that it had in theirs, the words grouping them-
selves in phrases, and the phrases succeeding one another in
natural order, until the thought is completely evolved.

A single reading of the passage may prove to be sufficient.
But if a second more deliberate reading is found to be neces-

sary, it should be followed by a third rapid reading. The first reading reveals the thought of the passage more or less clearly, and shows the difficulties to be overcome. The second attempts the independent solution of these difficulties. If this is successful, the third furnishes a connected and continuous exposition of the thought, now completely comprehended. If the second reading is not successful, the third will be a final concentrated effort to master unaided the difficulties which prevent our perfect apprehension of the author's meaning. Now, when all has been done that can be done without aid, resort should be had, if necessary, to grammar, lexicon, and manuals.

PASSAGES FOR PRACTICE IN
TRANSLATION AT SIGHT

DEMOSTHENES.

I.

The gravity of the times and your previous unwillingness
to act demand from me plainness of speech.

'Ο μὲν οὖν παρὼν καιρός, ὦ ἄνδρες 'Αθηναῖοι,
εἴπερ ποτέ, πολλῆς φροντίδος καὶ βουλῆς δεῖται·
ἐγὼ δὲ οὐχ ὅ τι χρὴ περὶ τῶν παρόντων συμβου-
λεῦσαι χαλεπώτατον ἡγοῦμαι, ἀλλ' ἐκεῖ' ἀπορῶ,
5 τίνα χρὴ τρόπον, ὦ ἄνδρες 'Αθηναῖοι, πρὸς ὑμᾶς
περὶ αὐτῶν εἰπεῖν. πέπεισμαι γὰρ ἐξ ὧν παρὼν
καὶ ἀκούων σύνοιδα, τὰ πλείω τῶν πραγμάτων ὑμᾶς
ἐκπεφευγέναι τῷ μὴ βούλεσθαι τὰ δέοντα ποιεῖν
ἢ τῷ μὴ συνιέναι. ἀξιῶ δὲ ὑμᾶς, ἂν μετὰ παρ-
10 ρησίας ποιῶμαι τοὺς λόγους, ὑπομένειν, τοῦτο θεω-
ροῦντας εἰ τἀληθῆ λέγω, καὶ διὰ τοῦτο, ἵνα τὰ
λοιπὰ βελτίω γένηται· ὁρᾶτε γὰρ ὡς ἐκ τοῦ πρὸς
χάριν δημηγορεῖν ἐνίους εἰς πᾶν προελήλυθε
μοχθηρίας τὰ παρόντα.

THIRD OLYNTHIAC (OR. III.), § 3.

2.

My father's foreign accent in no way proves, as you shall
hear, that I am not a true Athenian.

Διαβεβλήκασι γάρ μου τὸν πατέρα ὡς ἐξένιζεν·
καὶ ὅτι μὲν ἁλοὺς ὑπὸ τῶν πολεμίων ὑπὸ τὸν Δεκε-
λεικὸν πόλεμον καὶ πραθεὶς εἰς Λευκάδα Κλεάνδρῳ
περιτυχὼν τῷ ὑποκριτῇ πρὸς τοὺς οἰκείους ἐσώθη
5 δεῦρο πολλοστῷ χρόνῳ, παραλελοίπασιν, ὥσπερ
δὲ δέον ἡμᾶς δι᾽ ἐκείνας τὰς ἀτυχίας ἀπολέσθαι,
τὸ ξενίζειν αὐτοῦ κατηγορήκασιν. ἐγὼ δ᾽ ἐξ αὐτῶν
τούτων μάλιστ᾽ ἂν οἶμαι ὑμῖν ἐμαυτὸν Ἀθηναῖον
ὄντα ἐπιδείξειν. καὶ πρῶτον μὲν ὡς ἑάλω καὶ
10 ἐσώθη, μάρτυρας ὑμῖν παρέξομαι, ἔπειθ᾽ ὅτι ἀφι-
κόμενος τῆς οὐσίας παρὰ τῶν θείων τὸ μέρος μετέ-
λαβεν, εἶθ᾽ ὅτι οὔτ᾽ ἐν τοῖς δημόταις οὔτ᾽ ἐν τοῖς
φράτορσιν οὔτ᾽ ἄλλοθι οὐδαμοῦ τὸν ξενίζοντα οὐδεὶς
πώποτ᾽ ἠτιάσατο ὡς εἴη ξένος. καί μοι λαβὲ τὰς
15 μαρτυρίας.   AGAINST EUBULIDES (Or. LVII.), §§ 18, 19.

3.

Queen Artemisia will not oppose your enterprise. Self-
interest will induce her to favour you.

Ὅτι δ᾽ οὐδ᾽ ἂν ἐναντιωθῆναί μοι δοκεῖ τῇ πράξει
ταύτῃ νῦν Ἀρτεμισία τῆς πόλεως οὔσης ἐπὶ τῶν
πραγμάτων, μικρὰ ἀκούσαντες σκοπεῖτε εἴτ᾽ ὀρθῶς

λογίζομαι ταῦτ' εἴτε μή. ἐγώ νομίζω πράττοντος
5 μὲν ἐν Αἰγύπτῳ πάνθ', ὡς ὥρμηκε, βασιλέως σφό-
δρα ἂν Ἀρτεμισίαν πειραθῆναι περιποιῆσαι Ῥό-
δον αὐτῷ, οὐ τῇ βασιλέως εὐνοίᾳ, ἀλλὰ τῷ βούλε-
σθαι πλησίον αὐτῆς διατρίβοντος ἐκείνου μεγάλην
εὐεργεσίαν καταθέσθαι πρὸς αὐτόν, ἵν' ὡς οἰκειό-
10 τατ' αὐτὴν ἀποδέχοιτο· πράττοντος δ' ὡς λέγεται,
καὶ διημαρτηκότος οἷς ἐπεχείρησεν, ἡγεῖσθαι τὴν
νῆσον ταύτην, ὅπερ ἔστιν, ἄλλο μὲν οὐδὲν ἂν εἶναι
βασιλεῖ χρησίμην ἐν τῷ παρόντι, τῆς δ' αὐτῆς
ἀρχῆς ἐπιτείχισμα πρὸς τὸ μηδ' ὁτιοῦν παρακινεῖν.
15 ὥστε μοι δοκεῖ μᾶλλον ἂν ὑμᾶς ἔχειν μὴ φανερῶς
αὐτῆς ἐνδούσης ἢ κεῖνον λαβεῖν βούλεσθαι.

LIBERTY OF THE RHODIANS (Or. xv.), § 11, 12.

4.

We must not be precipitate in declaring war, but we must
seek for a just cause and prepare for the event.

Ἐγὼ νομίζω κοινὸν ἐχθρὸν ἁπάντων τῶν Ἑλλή-
νων εἶναι βασιλέα, οὐ μὴν διὰ τοῦτο παραινέσαιμ'
ἂν μόνοις τῶν ἄλλων ὑμῖν πόλεμον πρὸς αὐτὸν
ἄρασθαι· οὐδὲ γὰρ αὐτοὺς τοὺς Ἕλληνας ὁρῶ κοι-
5 νοὺς ἀλλήλοις ὄντας φίλους, ἀλλ' ἐνίους μᾶλλον
ἐκείνῳ πιστεύοντας ἤ τισιν αὐτῶν. ἐκ δὴ τῶν
τοιούτων νομίζω συμφέρειν ὑμῖν τὴν μὲν ἀρχὴν

τοῦ πολέμου ζητεῖν, ὅπως ἴση καὶ δικαία γενή-
σεται, παρασκευάζεσθαι δ᾽ ἃ προσήκει πάντα,
10 καὶ τοῦθ᾽ ὑποκεῖσθαι. ἡγοῦμαι γάρ, ὦ ἄνδρες
Ἀθηναῖοι, τοὺς Ἕλληνας, εἰ μὲν ἐναργές τι γι-
γνοιτο καὶ σαφὲς ὡς βασιλεὺς αὐτοῖς ἐπιχειρεῖ,
καὶ συμμαχήσειν καὶ χάριν μεγάλην ἕξειν τοῖς
πρὸ αὐτῶν καὶ μετ᾽ αὐτῶν ἐκεῖνον ἀμυνομένοις· εἰ
15 δ᾽ ἔτι ἀδήλου τούτου καθεστηκότος προαπεχθησό-
μεθα ἡμεῖς, δέδια, ὦ ἄνδρες Ἀθηναῖοι, μὴ τούτοις
μετ᾽ ἐκείνου πολεμεῖν ἀναγκασθῶμεν ὑπὲρ ὧν προ-
νοούμεθα.   ON THE SYMMORIES (Or. XIV.), §§ 3, 4.

5.

Aeschines does ill to make mention of Solon's statue at Sala-
mis.   Only compare his conduct with that of the renowned
law-giver.

Τοῦτο μὲν τοίνυν εἶπε τοῖς δικασταῖς καὶ ἐμιμή-
σατο· ὃ δὲ τοῦ σχήματος ἦν τούτου πολλῷ τῇ
πόλει λυσιτελέστερον, τὸ τὴν ψυχὴν τὴν Σόλωνος
ἰδεῖν καὶ τὴν διάνοιαν, ταύτην οὐκ ἐμιμήσατο,
5 ἀλλὰ πᾶν τοὐναντίον. ἐκεῖνος μέν γε ἀφεστηκυίας
Σαλαμῖνος Ἀθηναίων, καὶ θάνατον ζημίαν ψηφισα-
μένων ἄν τις εἴπῃ κομίζεσθαι, τὸν ἴδιον κίνδυνον
ὑποθεὶς ἐλεγεῖα ποιήσας ᾖδε, καὶ τὴν μὲν χώραν
ἔσωσε τῇ πόλει, τὴν δ᾽ ὑπάρχουσαν αἰσχύνην

10 ἀπήλλαξεν· οὗτος δ', ἦν βασιλεὺς καὶ πάντες οἱ
Ἕλληνες ὑμετέραν ἔγνωσαν, Ἀμφίπολιν, ταύτην
ἐξέδωκε καὶ ἀπέδοτο καὶ τῷ ταῦτα γράφοντι συν-
εῖπε Φιλοκράτει. ἄξιόν γε ἦν Σόλωνος αὐτῷ
μεμνῆσθαι. καὶ οὐ μόνον ἐνταῦθα ταῦτ' ἐποίη-
15 σεν, ἀλλ' ἐκεῖσε ἐλθὼν οὐδὲ τοὔνομα ἐφθέγξατο
τῆς χώρας ὑπὲρ ἧς ἐπρέσβευεν. καὶ ταῦτα αὐ-
τὸς ἀπήγγειλε πρὸς ὑμᾶς· μέμνησθε γὰρ δήπου
λέγοντ' αὐτὸν ὅτι "περὶ Ἀμφιπόλεως εἶχον μὲν
κἀγὼ λέγειν, ἵνα δ' ἐγγένηται Δημοσθένει περὶ
αὐτῆς εἰπεῖν, παρέλιπον."

FALSE LEGATION (Or. XIX.), §§ 252, 253.

6.

Midias did everything in his power to ruin the effectiveness
of the chorus which I was about to bring forward.

Τὴν γὰρ ἐσθῆτα τὴν ἱεράν (ἱερὰν γὰρ ἔγωγε
νομίζω πᾶσαν ὅσην ἄν τις ἕνεκα τῆς ἑορτῆς παρα-
σκευάζηται, ἕως ἂν χρησθῇ) καὶ τοὺς στεφάνους
τοὺς χρυσοῦς, οὓς ἐποιησάμην ἐγὼ κόσμον τῷ
5 χορῷ, ἐπεβούλευσεν, ὦ ἄνδρες Ἀθηναῖοι, διαφθεῖ-
ραί μοι νύκτωρ ἐλθὼν ἐπὶ τὴν οἰκίαν τὴν τοῦ χρυ-
σοχόου. καὶ διέφθειρεν, οὐ μέντοι πᾶσάν γε · οὐ
γὰρ ἐδυνήθη. καίτοι τοῦτό γ' οὐδεὶς πώποτε οὐδένα
φησὶν ἀκηκοέναι τολμήσαντα οὐδὲ ποιήσαντα ἐν

10 τῇ πόλει. οὐκ ἀπέχρησε δ᾽ αὐτῷ τοῦτο, ἀλλὰ καὶ
τὸν διδάσκαλον, ὦ ἄνδρες Ἀθηναῖοι, διέφθειρέ μου
τοῦ χοροῦ· καὶ εἰ μὴ Τηλεφάνης ὁ αὐλητὴς ἀνδρῶν
βέλτιστος περὶ ἐμὲ τότε ἐγένετο, καὶ τὸ πρᾶγμ᾽
αἰσθόμενος τὸν ἄνθρωπον ἀπελάσας αὐτὸς συγκρο-
15 τεῖν καὶ διδάσκειν ᾤετο δεῖν τὸν χορόν, οὐδ᾽ ἂν
ἠγωνισάμεθα, ὦ ἄνδρες Ἀθηναῖοι, ἀλλ᾽ ἀδίδακτος
ἂν εἰσῆλθεν ὁ χορὸς καὶ πράγματ᾽ αἴσχιστ᾽ ἂν
ἐπάθομεν. καὶ οὐδ᾽ ἐνταῦθ᾽ ἔστη τῆς ὕβρεως, ἀλλὰ
τοσοῦτον αὐτῷ περιῆν ὥστε τὸν ἐστεφανωμένον
20 ἄρχοντα διέφθειρε. AGAINST MIDIAS (Or. xxi.), §§ 16, 17.

7.

Compare the insolent conduct of Midias with that of the
renowned Iphicrates under similar circumstances.

Πολλῶν τοίνυν, ὦ ἄνδρες Ἀθηναῖοι, γεγενημένων
ἐχθρῶν ἀλλήλοις, οὐ μόνον ἐξ ἰδίων, ἀλλὰ καὶ ἐκ
κοινῶν πραγμάτων, οὐδεὶς πώποτ᾽ εἰς τοσοῦτ᾽ ἀναι-
δείας ἀφίκετο ὥστε τοιοῦτόν τι τολμῆσαι ποιεῖν.
5 καίτοι φασὶν Ἰφικράτην ποτ᾽ ἐκεῖνον Διοκλεῖ τῷ
Πιτθεῖ τὰ μάλιστα ἐλθεῖν εἰς ἔχθραν, καὶ ἔτι πρὸς
τούτῳ συμβῆναι Τισίαν τὸν Ἰφικράτους ἀδελφὸν
ἀντιχορηγῆσαι τῷ Διοκλεῖ. ἀλλ᾽ ὅμως πολλοὺς
μὲν ἔχων φίλους Ἰφικράτης, πολλὰ δὲ χρήματα
10 κεκτημένος, φρονῶν δ᾽ ἐφ᾽ ἑαυτῷ τηλικοῦτον ἡλίκον

εἰκὸς ἄνδρα καὶ δόξης καὶ τιμῶν τετυχηκότα ὧν
ἐκεῖνος ἠξίωτο παρ' ὑμῶν, οὐκ ἐβάδιζεν ἐπὶ τὰς τῶν
χρυσοχόων οἰκίας νύκτωρ, οὐδὲ κατερρήγνυε τὰ
παρασκευαζόμενα ἱμάτια εἰς τὴν ἑορτήν, οὐδὲ διέ-
15 φθειρε διδάσκαλον, οὐδὲ χορὸν μανθάνειν ἐκώλυεν,
οὐδὲ τῶν ἄλλων οὐδὲν ὧν οὗτος διεπράττετο ἐποίει,
ἀλλὰ τοῖς νόμοις καὶ τῇ τῶν ἄλλων βουλήσει συγ-
χωρῶν ἠνείχετο καὶ νικῶντα καὶ στεφανούμενον
τὸν ἐχθρὸν ὁρῶν, εἰκότως· ἐν ᾗ γὰρ αὐτὸς εὐδαί-
20 μων ᾔδει γεγονὼς πολιτείᾳ, ταύτῃ συγχωρεῖν τὰ
τοιαῦτα ἠξίου.   AGAINST MIDIAS (Or. xxi.), §§ 62, 63.

8.

Let me relate how outrageously these men assaulted me,
three against one, in the market-place.

Ὡς δ' ἀνεμίχθημεν, εἷς μὲν αὐτῶν, ἀγνώς τις,
Φανοστράτῳ προσπίπτει καὶ κατεῖχεν ἐκεῖνον, Κό-
νων δ' οὑτοσὶ καὶ ὁ υἱὸς αὐτοῦ καὶ ὁ Ἀνδρομένους
υἱὸς ἐμοὶ περιπεσόντες τὸ μὲν πρῶτον ἐξέδυσαν,
5 εἶθ' ὑποσκελίσαντες καὶ ῥάξαντες εἰς τὸν βόρβορον
οὕτω διέθηκαν ἐναλλόμενοι καὶ ὑβρίζοντες ὥστε τὸ
μὲν χεῖλος διακόψαι, τοὺς δ' ὀφθαλμοὺς συγκλεῖ-
σαι· οὕτω δὲ κακῶς ἔχοντα κατέλιπον ὥστε μήτε
ἀναστῆναι μήτε φθέγξασθαι δύνασθαι. κείμενος
10 δ' αὐτῶν ἤκουον πολλὰ καὶ δεινὰ λεγόντων. καὶ

τὰ μὲν ἄλλα καὶ βλασφημίαν ἔχει τινά, καὶ ὀνομά-
ζειν ὀκνήσαιμ' ἂν ἐν ὑμῖν ἔνια, ὃ δὲ τῆς ὕβρεώς
ἐστι τῆς τούτου σημεῖον καὶ τεκμήριον τοῦ πᾶν τὸ
πρᾶγμα ὑπὸ τούτου γεγενῆσθαι, τοῦθ' ὑμῖν ἐρῶ·
15 ἥδε γὰρ τοὺς ἀλεκτρυόνας μιμούμενος τοὺς νενικη-
κότας, οἱ δὲ κροτεῖν τοῖς ἀγκῶσιν αὐτὸν ἠξίουν
ἀντὶ πτερύγων τὰς πλευράς. καὶ μετὰ ταῦτα ἐγὼ
μὲν ἀπεκομίσθην ὑπὸ τῶν παρατυχόντων γυμνός,
οὗτοι δ' ᾤχοντο θοἰμάτιον λαβόντες μου. ὡς δ' ἐπὶ
20 τὴν θύραν ἦλθον, κραυγὴ καὶ βοὴ τῆς μητρὸς καὶ
τῶν θεραπαινίδων ἦν, καὶ μόγις ποτὲ εἰς βαλανεῖον
ἐνεγκόντες με καὶ περιπλύναντες ἔδειξαν τοῖς
ἰατροῖς.
AGAINST CONON (Or. LIV.), §§ 8, 9.

9.

Recall the part which Aeschines played at the beginning,
and be convinced that he has been corrupted.

Πολλὰ δὲ καὶ δεινὰ κατηγορεῖν ἔχων ἔτι πρὸς
τούτοις ἕτερα, ὦ ἄνδρες Ἀθηναῖοι, ἐξ ὧν οὐκ ἔσθ'
ὅστις ἂν οὐκ εἰκότως μισήσειεν αὐτόν, βούλομαι,
πρὸ πάντων ὧν μέλλω λέγειν, μνημονεύοντας ὑμῶν
5 οἶδ' ὅτι τοὺς πολλοὺς ὑπομνῆσαι τίνα τάξιν ἑαυ-
τὸν ἔταξεν Αἰσχίνης ἐν τῇ πολιτείᾳ τὸ πρῶτον
καὶ τίνας λόγους κατὰ τοῦ Φιλίππου δημηγορεῖν
ᾤετο δεῖν, ἵν' εἰδῆθ' ὅτι τοῖς ὑφ' ἑαυτοῦ πεπραγμέ-

νοις καὶ δεδημηγορημένοις ἐν ἀρχῇ μάλιστα ἐξε-
10 λεγχθήσεται δῶρα ἔχων. ἔστι τοίνυν οὗτος ὁ πρῶ-
τος Ἀθηναίων αἰσθόμενος Φίλιππον, ὡς τότε δημη-
γορῶν ἔφη, ἐπιβουλεύοντα τοῖς Ἕλλησι καὶ δια-
φθείροντά τινας τῶν ἐν Ἀρκαδίᾳ προεστηκότων, καὶ
ἔχων Ἴσχανδρον τὸν Νεοπτολέμου δευτεραγωνιστὴν
15 προσιὼν μὲν τῇ βουλῇ, προσιὼν δὲ τῷ δήμῳ περὶ
τούτων, καὶ πείσας ὑμᾶς πανταχοῖ πρέσβεις πέμ-
ψαι τοὺς συνάξοντας δεῦρο τοὺς βουλευσομένους
περὶ τοῦ πρὸς Φίλιππον πολέμου, καὶ ἀπαγγέλλων
μετὰ ταῦθ' ἥκων ἐξ Ἀρκαδίας τοὺς καλοὺς ἐκείνους
20 καὶ μακροὺς λόγους, οὓς ἐν τοῖς μυρίοις ἐν Μεγάλῃ
πόλει πρὸς Ἱερώνυμον τὸν ὑπὲρ Φιλίππου λέγοντα
ὑπὲρ ὑμῶν ἔφη δεδημηγορηκέναι, καὶ διεξιὼν ἡλίκα
τὴν Ἑλλάδα πᾶσαν, οὐχὶ τὰς ἰδίας ἀδικοῦσι μόνον
πατρίδας οἱ δωροδοκοῦντες καὶ χρήματα λαμβά-
25 νοντες παρὰ Φιλίππου.　　FALSE LEGATION (Or. xix.), §§ 9–11.

10.

How new laws are made in Epizephyrian Locri.

Βούλομαι δ' ὑμῖν, ὦ ἄνδρες δικασταί, ἐν Λοκροῖς
ὡς νομοθετοῦσι διηγήσασθαι· οὐδὲν γὰρ χείρους
ἔσεσθε παράδειγμά τι ἀκηκοότες, ἄλλως τε καὶ ᾧ
πόλις εὐνομουμένη χρῆται. ἐκεῖ γὰρ οὕτως οἰον-

5 ται δεῖν τοῖς πάλαι κειμένοις χρῆσθαι νόμοις καὶ
τὰ πάτρια περιστέλλειν καὶ μὴ πρὸς τὰς βουλήσεις
μηδὲ πρὸς τὰς διαδύσεις τῶν ἀδικησάντων νομοθε-
τεῖσθαι, ὥστ᾽ ἐάν τις βούληται νόμον καινὸν τιθέ-
ναι, ἐν βρόχῳ τὸν τράχηλον ἔχων νομοθετεῖ, καὶ
10 ἐὰν μὲν δόξῃ καλὸς καὶ χρήσιμος εἶναι ὁ νόμος, ζῇ
ὁ τιθεὶς καὶ ἀπέρχεται, εἰ δὲ μή, τέθνηκεν ἐπι-
σπασθέντος τοῦ βρόχου. καὶ γάρ τοι καινοὺς
μὲν οὐ τολμῶσι τίθεσθαι, τοῖς δὲ πάλαι κειμέ-
νοις ἀκριβῶς χρῶνται. ἐν πολλοῖς δὲ πάνυ ἔτεσιν,
15 ὦ ἄνδρες δικασταί, εἷς λέγεται παρ᾽ αὐτοῖς νόμος
καινὸς τεθῆναι. ὄντος γὰρ αὐτόθι νόμου, ἐάν τις
ὀφθαλμὸν ἐκκόψῃ, ἀντεκκόψαι παρασχεῖν τὸν ἑαυ-
τοῦ, καὶ οὐ χρημάτων τιμήσεως οὐδεμιᾶς, ἀπειλῆ-
σαί τις λέγεται ἐχθρὸς ἐχθρῷ ἕνα ἔχοντι ὀφθαλμὸν
20 ὅτι αὐτοῦ ἐκκόψει τοῦτον τὸν ἕνα. γενομένης δὲ
ταύτης τῆς ἀπειλῆς χαλεπῶς ἐνεγκὼν ὁ ἑτερόφθαλ-
μος, καὶ ἡγούμενος ἀβίωτον αὐτῷ εἶναι τὸν βίον
τοῦτο παθόντι, λέγεται τολμῆσαι νόμον εἰσενεγ-
κεῖν, ἐάν τις ἕνα ἔχοντος ὀφθαλμὸν ἐκκόψῃ, ἄμφω
25 ἀντεκκόψαι παρασχεῖν, ἵνα τῇ ἴσῃ συμφορᾷ ἀμφό-
τεροι χρῶνται. καὶ τοῦτον μόνον λέγονται Λοκροὶ
θέσθαι τὸν νόμον ἐν πλέον ἢ διακοσίοις ἔτεσιν.

AGAINST TIMOCRATES (Or. xxiv.), §§ 139–141.

II.

Crito ventures to admonish Socrates.

ΚΡΙΤΩΝ. Καὶ μήν, ὦ Σώκρατες, φιλήκοος μὲν
ἔγωγε καὶ ἡδέως ἄν τι μανθάνοιμι, κινδυνεύω μέν-
τοι κἀγὼ εἷς εἶναι τῶν οὐχ ὁμοίων Εὐθυδήμῳ, ἀλλ᾽
ἐκείνων, ὧν δὴ καὶ σὺ ἔλεγες, τῶν ἥδιον ἂν ἐξε-
5 λεγχομένων ὑπὸ τῶν τοιούτων λόγων ἢ ἐξελεγχόν-
των. ἀτὰρ γελοῖον μέν μοι δοκεῖ εἶναι τὸ νουθετεῖν
σε, ὅμως δέ, ἅ γ᾽ ἤκουον, ἐθέλω σοι ἀπαγγεῖλαι.
τῶν ἀφ᾽ ὑμῶν ἀπιόντων ἴσθ᾽ ὅτι προσελθών τίς
μοι περιπατοῦντι, ἀνὴρ οἰόμενος πάνυ εἶναι σοφός,
10 τούτων τις τῶν περὶ τοὺς λόγους τοὺς εἰς τὰ δικα-
στήρια δεινῶν, Ὦ Κρίτων, ἔφη, οὐδὲν ἀκροᾷ τῶνδε
τῶν σοφῶν; Οὐ μὰ τὸν Δία, ἦν δ᾽ ἐγώ· οὐ γὰρ
οἷός τ᾽ ἦ προσστὰς κατακούειν ὑπὸ τοῦ ὄχλου.
Καὶ μήν, ἔφη, ἄξιόν γ᾽ ἦν ἀκοῦσαι. Τί δέ; ἦν δ᾽
15 ἐγώ. Ἵνα ἤκουσας ἀνδρῶν διαλεγομένων, οἳ νῦν
σοφώτατοί εἰσι τῶν περὶ τοὺς τοιούτους λόγους.

EUTHYDEMUS, 304 c–e.

12.

Euthyphro defines piety as the science of prayer and sacrifice to the gods.

ΕΥΘΥΦΡΩΝ. Καὶ ὀλίγον σοι πρότερον εἶπον, ὦ Σώκρατες, ὅτι πλείονος ἔργου ἐστὶν ἀκριβῶς ταῦτα πάντα ὡς ἔχει μαθεῖν· τόδε μέντοι σοι ἁπλῶς λέγω, ὅτι ἐὰν μὲν κεχαρισμένα τις ἐπίστη-
5 ται τοῖς θεοῖς λέγειν τε καὶ πράττειν εὐχόμενός τε καὶ θύων, ταῦτ᾽ ἔστι τὰ ὅσια, καὶ σῴζει τὰ τοιαῦτα τούς τε ἰδίους οἴκους καὶ τὰ κοινὰ τῶν πόλεων· τὰ δ᾽ ἐναντία τῶν κεχαρισμένων ἀσεβῆ, ἃ δὴ καὶ ἀνατρέπει ἅπαντα καὶ ἀπόλλυσιν.
10 ΣΩΚΡΑΤΗΣ. Ἦ πολύ μοι διὰ βραχυτέρων, ὦ Εὐθύφρον, εἰ ἐβούλου, εἶπες ἂν τὸ κεφάλαιον ὧν ἠρώτων. ἀλλὰ γὰρ οὐ πρόθυμός με εἶ διδάξαι· δῆλος εἶ. καὶ γὰρ νῦν ἐπειδὴ ἐπ᾽ αὐτῷ ἦσθα, ἀπετράπου· ὃ εἰ ἀπεκρίνω, ἱκανῶς ἂν ἤδη παρὰ
15 σοῦ τὴν ὁσιότητα ἐμεμαθήκη. νῦν δέ—ἀνάγκη γὰρ τὸν ἐρῶντα τῷ ἐρωμένῳ ἀκολουθεῖν, ὅπῃ ἂν ἐκεῖνος ὑπάγῃ· τί δὴ αὖ λέγεις τὸ ὅσιον εἶναι καὶ τὴν ὁσιότητα; οὐχὶ ἐπιστήμην τινὰ τοῦ θύειν τε καὶ εὔχεσθαι;
20 ΕΥΘ. Ἔγωγε.

ΣΩ. Οὐκοῦν τὸ θύειν δωρεῖσθαί ἐστι τοῖς θεοῖς, τὸ δ᾽ εὔχεσθαι αἰτεῖν τοὺς θεούς; EUTHYPHRO, 14 a–c.

13.

The inventions ascribed to Theuth, a famous old god of Egypt, including especially that of the art of letters.

ΣΩΚΡΑΤΗΣ. Ἤκουσα τοίνυν περὶ Ναύκρατιν τῆς Αἰγύπτου γενέσθαι τῶν ἐκεῖ παλαιῶν τινα θεῶν, οὗ καὶ τὸ ὄρνεον τὸ ἱερόν, ὃ δὴ καλοῦσιν ἶβιν· αὐτῷ δὲ ὄνομα τῷ δαίμονι εἶναι Θεύθ. τοῦ-
5 τον δὲ πρῶτον ἀριθμόν τε καὶ λογισμὸν εὑρεῖν καὶ γεωμετρίαν καὶ ἀστρονομίαν, ἔτι δὲ πεττείας τε καὶ κυβείας, καὶ δὴ καὶ γράμματα· βασιλέως δ᾽ αὖ τότε ὄντος Αἰγύπτου ὅλης Θαμοῦ περὶ τὴν μεγάλην πόλιν τοῦ ἄνω τόπου, ἣν οἱ Ἕλληνες
10 Αἰγυπτίας Θήβας καλοῦσι, καὶ τὸν θεὸν Ἄμμωνα, παρὰ τοῦτον ἐλθὼν ὁ Θεὺθ τὰς τέχνας ἐπέδειξε, καὶ ἔφη δεῖν διαδοθῆναι τοῖς ἄλλοις Αἰγυπτίοις. ὁ δὲ ἤρετο, ἥντινα ἑκάστη ἔχοι ὠφέλειαν, διεξιόν-τος δέ, ὅ τι καλῶς ἢ μὴ καλῶς δοκοῖ λέγειν, τὸ
15 μὲν ἔψεγε, τὸ δ᾽ ἐπῄνει. πολλὰ μὲν δὴ περὶ ἑκά-στης τῆς τέχνης ἐπ᾽ ἀμφότερα Θαμοῦν τῷ Θεὺθ λέ-γεται ἀποφήνασθαι, ἃ λόγος πολὺς ἂν εἴη διελθεῖν· ἐπειδὴ δὲ ἐπὶ τοῖς γράμμασιν ἦν, τοῦτο δέ, ὦ βασιλεῦ, τὸ μάθημα, ἔφη ὁ Θεύθ, σοφωτέρους
20 Αἰγυπτίους καὶ μνημονικωτέρους παρέξει· μνήμης τε γὰρ καὶ σοφίας φάρμακον εὑρέθη.

PHAEDRUS, 274 c-e.

14.

As men generally do not at once concede matters in doubt,
so in this strange discussion about laws must we allow our-
selves time.

ΑΘΗΝΑΙΟΣ. Πᾶς που νέος, μὴ ὅτι πρεσβύτης,
ἰδὼν ἂν ἢ καὶ ἀκούσας ὁτιοῦν τῶν ἐκτόπων καὶ
μηδαμῇ πω ξυνήθων οὐκ ἄν ποτέ που τὸ ἀπορηθὲν
περὶ αὐτῶν συγχωρήσειεν ἐπιδραμὼν οὕτως εὐθύς,
5 στὰς δ' ἂν καθάπερ ἐν τριόδῳ γενόμενος καὶ μὴ
σφόδρα κατειδὼς ὁδόν, εἴτε μόνος εἴτε μετ' ἄλλων
τύχοι πορευόμενος, ἀνέροιτ' ἂν αὐτὸν καὶ τοὺς
ἄλλους τὸ ἀπορούμενον, καὶ οὐκ ἂν πρότερον ὁρμή-
σειε, πρίν πῃ βεβαιώσαιτο τὴν σκέψιν τῆς πορείας,
10 ὅπῃ ποτὲ φέρει. καὶ δὴ καὶ τὸ παρὸν ἡμῖν ὡσαύ-
τως ποιητέον· ἀτόπου γὰρ τὰ νῦν ἐμπεπτωκότος
λόγου περὶ νόμων, ἀνάγκη που σκέψιν πᾶσαν ποιή-
σασθαι καὶ μὴ ῥᾳδίως οὕτω περὶ τοσούτων τηλι-
κούτους ὄντας φάναι, διισχυριζομένους ἐν τῷ παρα-
15 χρῆμά τι σαφὲς ἂν εἰπεῖν ἔχειν.

ΚΛΕΙΝΙΑΣ. Ἀληθέστατα λέγεις.

ΑΘ. Οὐκοῦν τούτῳ μὲν χρόνον δώσομεν, βε-
βαιώσομεν δὲ τότε αὐτό, ὁπόταν σκεψώμεθα ἱκα-
νῶς· ἵνα δὲ μὴ τὴν ἐπομένην τάξιν τοῖς νόμοις τοῖς
20 νῦν ἡμῖν παροῦσι διαπεράνασθαι κωλυθῶμεν μά-
την, ἴωμεν πρὸς τὸ τέλος αὐτῶν. τάχα γὰρ ἴσως,

εἰ θεὸς ἐθέλοι, κἂν ἡ διέξοδος αὕτη ὅλη σχοῦσα τέ-
λος ἱκανῶς ἂν μηνύσειε καὶ τὸ νῦν διαπορούμενον.

Laws, VII. 799 c–e.

15.

Laches declares that he has but one feeling, or possibly
two feelings, about discussions.

ΛΑΧΗΣ. Ἁπλοῦν τό γ᾽ ἐμόν, ὦ Νικία, περὶ
λόγων ἐστίν· εἰ δὲ βούλει, οὐχ ἁπλοῦν, ἀλλὰ
διπλοῦν. καὶ γὰρ ἂν δόξαιμί τῳ φιλόλογος εἶναι
καὶ αὖ μισόλογος. ὅταν μὲν γὰρ ἀκούω ἀνδρὸς
5 περὶ ἀρετῆς διαλεγομένου ἢ περί τινος σοφίας ὡς
ἀληθῶς ὄντος ἀνδρὸς καὶ ἀξίου τῶν λόγων ὧν
λέγει, χαίρω ὑπερφυῶς, θεώμενος ἅμα τόν τε λέ-
γοντα καὶ τὰ λεγόμενα ὅτι πρέποντα ἀλλήλοις καὶ
ἁρμόττοντά ἐστι· καὶ κομιδῇ μοι δοκεῖ μουσικὸς
10 ὁ τοιοῦτος εἶναι, ἁρμονίαν καλλίστην ἡρμοσμένος
οὐ λύραν οὐδὲ παιδιᾶς ὄργανα, ἀλλὰ τῷ ὄντι ζῆν
ἡρμοσμένος αὐτὸς αὑτοῦ τὸν βίον σύμφωνον τοῖς
λόγοις πρὸς τὰ ἔργα, ἀτεχνῶς δωριστὶ ἀλλ᾽ οὐκ
ἰαστί, οἶμαι δὲ οὐδὲ φρυγιστὶ οὐδὲ λυδιστί, ἀλλ᾽
15 ἥπερ μόνη Ἑλληνική ἐστιν ἁρμονία. ὁ μὲν οὖν
τοιοῦτος χαίρειν με ποιεῖ φθεγγόμενος καὶ δοκεῖν
ὁτῳοῦν φιλόλογον εἶναι· οὕτω σφόδρα ἀποδέχομαι
παρ᾽ αὐτοῦ τὰ λεγόμενα· ὁ δὲ τἀναντία τούτου

πράττων λυπεῖ με, ὅσῳ ἂν δοκῇ ἄμεινον λέγειν,
20 τοσούτῳ μᾶλλον, καὶ ποιεῖ αὖ δοκεῖν εἶναι μισό-
λογον. Σωκράτους δ᾽ ἐγὼ τῶν μὲν λόγων οὐκ
ἔμπειρός εἰμι, ἀλλὰ πρότερον, ὡς ἔοικε, τῶν ἔργων
ἐπειράθην, καὶ ἐκεῖ αὐτὸν εὖρον ἄξιον ὄντα λόγων
καλῶν καὶ πάσης παρρησίας.   Laches, 188 c-e.

16.

The soul, which in her own pure thought deals with the
unchangeable, only when using the senses descends into the
region of change.

Οὐκοῦν καὶ τόδε πάλαι ἐλέγομεν, ὅτι ἡ ψυχή,
ὅταν μὲν τῷ σώματι προσχρῆται εἰς τὸ σκοπεῖν τι
ἢ διὰ τοῦ ὁρᾶν ἢ διὰ τοῦ ἀκούειν ἢ δι᾽ ἄλλης τινὸς
αἰσθήσεως — τοῦτο γάρ ἐστι τὸ διὰ τοῦ σώματος,
5 τὸ δι᾽ αἰσθήσεως σκοπεῖν τι, — τότε μὲν ἕλκεται
ὑπὸ τοῦ σώματος εἰς τὰ οὐδέποτε κατὰ ταὐτὰ
ἔχοντα, καὶ αὐτὴ πλανᾶται καὶ ταράττεται καὶ
ἰλιγγιᾷ ὥσπερ μεθύουσα, ἅτε τοιούτων ἐφαπτο-
μένη ; Πάνυ γε. Ὅταν δέ γε αὐτὴ καθ᾽ αὑτὴν
10 σκοπῇ, ἐκεῖσε οἴχεται εἰς τὸ καθαρόν τε καὶ ἀεὶ ὂν
καὶ ἀθάνατον καὶ ὡσαύτως ἔχον, καὶ ὡς συγγενὴς
οὖσα αὐτοῦ ἀεὶ μετ᾽ ἐκείνου τε γίγνεται, ὅτανπερ
αὐτὴ καθ᾽ αὑτὴν γένηται καὶ ἐξῇ αὐτῇ, καὶ πέπαυ-
ταί τε τοῦ πλάνου καὶ περὶ ἐκεῖνα ἀεὶ κατὰ ταὐτὰ

15 ὡσαύτως ἔχει, ἅτε τοιούτων ἐφαπτομένη · καὶ τοῦτο
αὐτῆς τὸ πάθημα φρόνησις κέκληται ; Παντάπα-
σιν, ἔφη, καλῶς καὶ ἀληθῆ λέγεις, ὦ Σώκρατες.
Ποτέρῳ οὖν αὖ σοι δοκεῖ τῷ εἴδει καὶ ἐκ τῶν ἔμ-
προσθεν καὶ ἐκ τῶν νῦν λεγομένων ψυχὴ ὁμοιότερον
20 εἶναι καὶ ξυγγενέστερον ; Πᾶς ἂν ἔμοιγε δοκεῖ, ἦ
δ᾽ ὅς, ξυγχωρῆσαι, ὦ Σώκρατες, ἐκ ταύτης τῆς
μεθόδου, καὶ ὁ δυσμαθέστατος, ὅτι ὅλῳ καὶ παντὶ
ὁμοιότερόν ἐστι ψυχὴ τῷ ἀεὶ ὡσαύτως ἔχοντι μᾶλ-
λον ἢ τῷ μή. Τί δὲ τὸ σῶμα ; Τῷ ἑτέρῳ.

PHAEDO, 79 c–e.

17.

The creation of mortal beings, and the equipment of each
with its proper powers.

Ἦν γάρ ποτε χρόνος, ὅτε θεοὶ μὲν ἦσαν, θνητὰ
δὲ γένη οὐκ ἦν. ἐπειδὴ δὲ καὶ τούτοις χρόνος
ἦλθεν εἱμαρμένος γενέσεως, τυποῦσιν αὐτὰ θεοὶ
γῆς ἔνδον ἐκ γῆς καὶ πυρὸς μίξαντες καὶ τῶν ὅσα
5 πυρὶ καὶ γῇ κεράννυται. ἐπειδὴ δ᾽ ἄγειν αὐτὰ
πρὸς φῶς ἔμελλον, προσέταξαν Προμηθεῖ καὶ Ἐπι-
μηθεῖ κοσμῆσαί τε καὶ νεῖμαι δυνάμεις ἑκάστοις
ὡς πρέπει. Προμηθέα δὲ παραιτεῖται Ἐπιμηθεὺς
αὐτὸς νεῖμαι, νείμαντος δ᾽ ἐμοῦ, ἔφη, ἐπίσκεψαι ·
10 καὶ οὕτω πείσας νέμει. νέμων δὲ τοῖς μὲν ἰσχὺν

ἄνευ τάχους προσῆπτε, τοὺς δ᾽ ἀσθενεστέρους τά-
χει ἐκόσμει· τοὺς δὲ ὥπλιζε, τοῖς δ᾽ ἄοπλον διδοὺς
φύσιν ἄλλην τιν᾽ αὐτοῖς ἐμηχανᾶτο δύναμιν εἰς
σωτηρίαν. ἃ μὲν γὰρ αὐτῶν σμικρότητι ἤμπισχε,
15 πτηνὸν φυγὴν ἢ κατάγειον οἴκησιν ἔνεμεν· ἃ δὲ
ηὖξε μεγέθει, τῷδε αὐτῷ αὐτὰ ἔσῳζε· καὶ τἆλλα
οὕτως ἐπανισῶν ἔνεμε. ταῦτα δὲ ἐμηχανᾶτο εὐλά-
βειαν ἔχων μή τι γένος ἀϊστωθείη· ἐπειδὴ δὲ αὐ-
τοῖς ἀλληλοφθοριῶν διαφυγὰς ἐπήρκεσε, πρὸς τὰς
20 ἐκ Διὸς ὥρας εὐμάρειαν ἐμηχανᾶτο ἀμφιεννὺς αὐτὰ
πυκναῖς τε θριξὶ καὶ στερεοῖς δέρμασιν, ἱκανοῖς
μὲν ἀμῦναι χειμῶνα, δυνατοῖς δὲ καὶ καύματα, καὶ
εἰς εὐνὰς ἰοῦσιν ὅπως ὑπάρχοι τὰ αὐτὰ ταῦτα
στρωμνὴ οἰκεία τε καὶ αὐτοφυὴς ἑκάστῳ· καὶ ὑπὸ
25 ποδῶν τὰ μὲν ὁπλαῖς, τὰ δὲ ὄνυξι καὶ δέρμασι
στερεοῖς καὶ ἀναίμοις. PROTAGORAS, 320 c–321 c.

18.

The true nature of the art of rhetoric.

ΣΩΚΡΑΤΗΣ. Οὐκοῦν καὶ περὶ τὰς ἄλλας ἁπά-
σας τέχνας ὡσαύτως ἔχει ὁ ῥήτωρ καὶ ἡ ῥητορική·
αὐτὰ μὲν τὰ πράγματα οὐδὲν δεῖ αὐτὴν εἰδέναι
ὅπως ἔχει, μηχανὴν δέ τινα πειθοῦς εὑρηκέναι,
5 ὥστε φαίνεσθαι τοῖς οὐκ εἰδόσι μᾶλλον εἰδέναι
τῶν εἰδότων.

ΓΟΡΓΙΑΣ. Οὐκοῦν πολλὴ ῥᾳστώνη, ὦ Σώ-
κρατες, γίγνεται, μὴ μαθόντα τὰς ἄλλας τέχνας,
ἀλλὰ μίαν ταύτην, μηδὲν ἐλαττοῦσθαι τῶν δημι-
10 ουργῶν;

ΣΩ. Εἰ μὲν ἐλαττοῦται ἢ μὴ ἐλαττοῦται ὁ
ῥήτωρ τῶν ἄλλων διὰ τὸ οὕτως ἔχειν, αὐτίκα ἐπι-
σκεψόμεθα, ἐάν τι ἡμῖν πρὸς λόγον ᾖ· νῦν δὲ τόδε
πρότερον σκεψώμεθα, ἆρα τυγχάνει περὶ τὸ δίκαιον
15 καὶ τὸ ἄδικον καὶ τὸ αἰσχρὸν καὶ τὸ καλὸν καὶ
ἀγαθὸν καὶ κακὸν οὕτως ἔχων ὁ ῥητορικὸς ὡς περὶ
τὸ ὑγιεινὸν καὶ περὶ τὰ ἄλλα ὧν αἱ ἄλλαι τέχναι,
αὐτὰ μὲν οὐκ εἰδώς, τί ἀγαθὸν ἢ τί κακόν ἐστιν ἢ
τί καλὸν ἢ τί αἰσχρὸν ἢ δίκαιον ἢ ἄδικον, πειθὼ δὲ
20 περὶ αὐτῶν μεμηχανημένος, ὥστε δοκεῖν εἰδέναι
οὐκ εἰδὼς ἐν οὐκ εἰδόσι μᾶλλον τοῦ εἰδότος; ἢ
ἀνάγκη εἰδέναι, καὶ δεῖ προεπιστάμενον ταῦτα
ἀφικέσθαι παρὰ σὲ τὸν μέλλοντα μαθήσεσθαι
τὴν ῥητορικήν; εἰ δὲ μή, σὺ ὁ τῆς ῥητορικῆς
25 διδάσκαλος τούτων μὲν οὐδὲν διδάξεις τὸν ἀφι-
κνούμενον — οὐ γὰρ σὸν ἔργον — ποιήσεις δ᾽ ἐν
τοῖς πολλοῖς δοκεῖν εἰδέναι αὐτὸν τὰ τοιαῦτα οὐκ
εἰδότα καὶ δοκεῖν ἀγαθὸν εἶναι οὐκ ὄντα;

GORGIAS, 459 b–e.

19.

Love, if a god, cannot be evil; and Socrates, having committed the error of calling him evil, must have a purification.

ΣΩΚΡΑΤΗΣ. Τί οὖν ; τὸν Ἔρωτα οὐκ Ἀφροδίτης καὶ θεόν τινα ἡγεῖ ;

ΦΑΙΔΡΟΣ. Λέγεταί γε δή.

ΣΩ. Οὔ τι ὑπό γε Λυσίου, οὐδὲ ὑπὸ τοῦ σοῦ
5 λόγου, ὃς διὰ τοῦ ἐμοῦ στόματος καταφαρμακευθέντος ὑπὸ σοῦ ἐλέχθη. εἰ δ' ἔστιν, ὥσπερ οὖν ἔστι, θεὸς ἤ τι θεῖον ὁ Ἔρως, οὐδὲν ἂν κακὸν εἴη · τὼ δὲ λόγω τὼ νῦν δὴ περὶ αὐτοῦ εἰπέτην ὡς τοιούτου ὄντος. ταύτῃ τε οὖν ἡμαρτανέτην περὶ τὸν
10 Ἔρωτα, ἔτι τε ἡ εὐήθεια αὐτοῖν πάνυ ἀστεία, τὸ μηδὲν ὑγιὲς λέγοντε μηδὲ ἀληθὲς σεμνύνεσθαι ὡς τι ὄντε, εἰ ἄρα ἀνθρωπίσκους τινὰς ἐξαπατήσαντε εὐδοκιμήσετον ἐν αὐτοῖς. ἐμοὶ μὲν οὖν, ὦ φίλε, καθήρασθαι ἀνάγκη · ἔστι δὲ τοῖς ἁμαρτάνουσι
15 περὶ μυθολογίαν καθαρμὸς ἀρχαῖος, ὃν Ὅμηρος μὲν οὐκ ᾔσθετο, Στησίχορος δέ. τῶν γὰρ ὀμμάτων στερηθεὶς διὰ τὴν Ἑλένης κακηγορίαν οὐκ ἠγνόησεν ὥσπερ Ὅμηρος, ἀλλ' ἄτε μουσικὸς ὢν ἔγνω τὴν αἰτίαν, καὶ ποιεῖ εὐθὺς
20   οὐκ ἔστ' ἔτυμος λόγος οὗτος,
       οὐδ' ἔβας ἐν νηυσὶν εὐσέλμοις, οὐδ' ἵκεο Πέργαμα Τροίας ·

καὶ ποιήσας δὴ πᾶσαν τὴν καλουμένην παλινῳδίαν
παραχρῆμα ἀνέβλεψεν. ἐγὼ οὖν σοφώτερος ἐκεί-
νων γενήσομαι κατ' αὐτό γε τοῦτο· πρὶν γάρ τι
25 παθεῖν διὰ τὴν τοῦ Ἔρωτος κακηγορίαν πειράσομαι
αὐτῷ ἀποδοῦναι τὴν παλινῳδίαν, γυμνῇ τῇ κεφαλῇ,
καὶ οὐχ ὥσπερ τότε ὑπ' αἰσχύνης ἐγκεκαλυμμένος.
PHAEDRUS, 242 d-243 b.

20.

Virtue is neither natural nor acquired, but comes by the gift
of God to the virtuous.

ΣΩΚΡΑΤΗΣ. Οὐκοῦν, ὦ Μένων, ἄξιον τούτους
θείους καλεῖν τοὺς ἄνδρας, οἵτινες νοῦν μὴ ἔχοντες
πολλὰ καὶ μεγάλα κατορθοῦσιν ὧν πράττουσι καὶ
λέγουσιν;
5 ΜΕΝΩΝ. Πάνυ γε.
ΣΩ. Ὀρθῶς ἄρ' ἂν καλοῖμεν θείους τε, οὓς νῦν
δὴ ἐλέγομεν χρησμῳδοὺς καὶ μάντεις καὶ τοὺς
ποιητικοὺς ἅπαντας· καὶ τοὺς πολιτικοὺς οὐχ
ἥκιστα τούτων φαῖμεν ἂν θείους τε εἶναι καὶ ἐνθου-
10 σιάζειν, ἐπίπνους ὄντας καὶ κατεχομένους ἐκ τοῦ
θεοῦ, ὅταν κατορθῶσι λέγοντες πολλὰ καὶ μεγάλα
πράγματα, μηδὲν εἰδότες ὧν λέγουσιν.
ΜΕΝ. Πάνυ γε.
ΣΩ. Καὶ αἵ γε γυναῖκες δήπου, ὦ Μένων, τοὺς

15 ἀγαθοὺς ἄνδρας θείους καλοῦσι· καὶ οἱ Λάκωνες
ὅταν τινὰ ἐγκωμιάζωσιν ἀγαθὸν ἄνδρα, θεῖος ἀνήρ,
φασίν, οὗτος.

MEN. Καὶ φαίνονταί γε, ὦ Σώκρατες, ὀρθῶς
λέγειν. καίτοι ἴσως Ἄνυτος ὅδε σοι ἄχθεται
20 λέγοντι.

ΣΩ. Οὐδὲν μέλει ἔμοιγε. τούτῳ μέν, ὦ Μέ-
νων, καὶ αὖθις διαλεξόμεθα· εἰ δὲ νῦν ἡμεῖς ἐν
παντὶ τῷ λόγῳ τούτῳ καλῶς ἐζητήσαμέν τε καὶ
ἐλέγομεν, ἀρετὴ ἂν εἴη οὔτε φύσει οὔτε διδακτόν,
25 ἀλλὰ θείᾳ μοίρᾳ παραγιγνομένη ἄνευ νοῦ, οἷς ἂν
παραγίγνηται, εἰ μή τις εἴη τοιοῦτος τῶν πολιτικῶν
ἀνδρῶν, οἷος καὶ ἄλλον ποιῆσαι πολιτικόν. εἰ δὲ
εἴη, σχεδὸν ἄν τι οὗτος λέγοιτο τοιοῦτος ἐν τοῖς
ζῶσιν, οἷον ἔφη Ὅμηρος ἐν τοῖς τεθνεῶσι τὸν Τει-
30 ρεσίαν εἶναι, λέγων περὶ αὐτοῦ, ὅτι οἷος πέπνυται
τῶν ἐν Ἅιδου, αἱ δὲ σκιαὶ ἀΐσσουσι.

MENO, 99 c-100 a.

21.

Cyrus relates how he once decided a case in dispute wrongly, and got from his teacher first a beating and then instruction.

Παῖς μέγας μικρὸν ἔχων χιτῶνα παῖδα μικρὸν μέγαν ἔχοντα χιτῶνα ἐκδύσας αὐτὸν τὸν μὲν ἑαυτοῦ ἐκεῖνον ἠμφίεσε, τὸν δ' ἐκείνου αὐτὸς ἐνέδυ. ἐγὼ οὖν τούτοις δικάζων ἔγνων βέλτιον
5 εἶναι ἀμφοτέροις τὸν ἁρμόττοντα ἑκάτερον χιτῶνα ἔχειν. ἐν τούτῳ αὖ με ἔπαισεν ὁ διδάσκαλος, λέξας ὅτι ὁπότε μὲν τοῦ ἁρμόττοντος εἴην κριτής, οὕτω δέοι ποιεῖν, ὁπότε δὲ κρῖναι δέοι ποτέρου ὁ χιτὼν εἴη, τοῦτ' ἔφη σκεπτέον εἶναι τίς κτῆσις
10 δικαία ἐστί, πότερα τὸν βίᾳ ἀφελόμενον ἔχειν ἢ τὸν ποιησάμενον ἢ πριάμενον κεκτῆσθαι· ἐπεὶ δ', ἔφη, τὸ μὲν νόμιμον δίκαιον εἶναι, τὸ δ' ἄνομον βίαιον, σὺν τῷ νόμῳ ἐκέλευεν ἀεὶ τὸν δικαστὴν τὴν ψῆφον τίθεσθαι. οὕτως ἐγώ σοι, ὦ μῆτερ, τά
15 γε δίκαια παντάπασιν ἤδη ἀκριβῶ· ἢν δέ τι ἄρα προσδέωμαι, ὁ πάππος με, ἔφη, οὗτος ἐπιδιδάξει.

CYROPAEDIA, i. 3. 17.

22.

Socrates rallies a young man who has made a study of the
duties of the office of general.

Ἐπεὶ δὲ μεμαθηκὼς ἦκε, προσέπαιζεν αὐτῷ
λέγων· Οὐ δοκεῖ ὑμῖν, ὦ ἄνδρες, ὥσπερ Ὅμηρος
τὸν Ἀγαμέμνονα γεραρὸν ἔφη εἶναι, οὕτω καὶ ὅδε
στρατηγεῖν μαθὼν γεραρώτερος φαίνεσθαι; καὶ
5 γὰρ ὥσπερ ὁ κιθαρίζειν μαθών, καὶ ἐὰν μὴ κιθα-
ρίζῃ, κιθαριστής ἐστι, καὶ ὁ μαθὼν ἰᾶσθαι, κἂν μὴ
ἰατρεύῃ, ὅμως ἰατρός ἐστιν, οὕτω καὶ ὅδε ἀπὸ τοῦδε
τοῦ χρόνου διατελεῖ στρατηγὸς ὤν, κἂν μηδεὶς αὐ-
τὸν ἕληται· ὁ δὲ μὴ ἐπιστάμενος οὔτε στρατηγὸς
10 οὔτε ἰατρός ἐστιν, οὐδ᾽ ἐὰν ὑπὸ πάντων ἀνθρώπων
αἱρεθῇ. ἀτάρ, ἔφη, ἵνα κἂν ἡμῶν τις ἢ ταξιαρχῇ
ἢ λοχαγῇ σοι, ἐπιστημονέστεροι τῶν πολεμικῶν
ὦμεν, λέξον ἡμῖν πόθεν ἤρξατό σε διδάσκειν τὴν
στρατηγίαν. καὶ ὅς· Ἐκ τοῦ αὐτοῦ, ἔφη, εἰς ὅπερ
15 καὶ ἐτελεύτα· τὰ γὰρ τακτικὰ ἐμέ γε καὶ ἄλλο
οὐδὲν ἐδίδαξεν.   Memorabilia, iii. 1. 4, 5.

23.

Peace the necessary condition of the prosperity of Athens.

Εἰ δέ τινες οὕτω γιγνώσκουσιν ὡς ἐὰν ἡ πόλις
εἰρήνην ἄγουσα διατελῇ, ἀδυνατωτέρα τε καὶ ἀδο-
ξοτέρα καὶ ἧττον ὀνομαστὴ ἐν τῇ Ἑλλάδι ἔσται,

καὶ οὗτοί γε ὡς ἐμῇ δόξῃ παραλόγως σκοποῦσιν.

5 εὐδαιμονέσταται μὲν γὰρ δήπου πόλεις λέγονται αἱ
ἂν πλεῖστον χρόνον ἐν εἰρήνῃ διατελῶσι· πασῶν δὲ
πόλεων Ἀθῆναι μάλιστα πεφύκασιν ἐν εἰρήνῃ αὔξε-
σθαι. τίνες γὰρ ἡσυχίαν ἀγούσης τῆς πόλεως οὐ
προσδέοιντ᾽ ἂν αὐτῆς ἀρξάμενοι ἀπὸ ναυκλήρων
10 καὶ ἐμπόρων ; οὐχ οἱ πολύσιτοι, οὐχ οἱ πολύοινοι,
οὐχ οἱ ἡδύοινοι, τί δὲ οἱ πολυέλαιοι, τί δὲ οἱ πολυ-
πρόβατοι, οἱ δὲ γνώμῃ καὶ ἀργυρίῳ δυνάμενοι χρη-
ματίζεσθαι, καὶ μὴν χειροτέχναι τε καὶ σοφισταὶ
καὶ φιλόσοφοι, οἱ δὲ ποιηταί, οἱ δὲ τὰ τούτων μετα-
15 χειριζόμενοι, οἱ δὲ ἀξιοθεάτων ἢ ἀξιακούστων ἱερῶν
ἢ ὁσίων ἐπιθυμοῦντες, ἀλλὰ μὴν καὶ οἱ δεόμενοι
πολλὰ ταχὺ ἀποδίδοσθαι ἢ πρίασθαι, ποῦ τούτων
μᾶλλον ἂν τύχοιεν ἢ Ἀθήνησιν ;

De Vectigalibus, 5. 2-4.

24.

The winning ways of the boy Cyrus, and his great love for
his grandfather.

Τοιαῦτα μὲν δὴ πολλὰ ἐλάλει ὁ Κῦρος· τέλος
δὲ ἡ μὲν μήτηρ ἀπῆλθε, Κῦρος δὲ κατέμενε καὶ
αὐτοῦ ἐτρέφετο. καὶ ταχὺ μὲν τοῖς ἡλικιώταις
συνεκέκρατο ὥστε οἰκείως διακεῖσθαι, ταχὺ δὲ
5 τοὺς πατέρας αὐτῶν ἀνήρτητο, προσιὼν καὶ ἐνδη-

λος ὢν ὅτι ἠσπάζετο αὐτῶν τοὺς υἱεῖς, ὥστε εἴ τι
τοῦ βασιλέως δέοιτο, τοὺς παῖδας ἐκέλευον τοῦ
Κύρου δεῖσθαι διαπράξασθαί σφισιν. ὁ δὲ Κῦρος,
εἰ δέοιντο αὐτοῦ οἱ παῖδες, διὰ τὴν φιλανθρωπίαν
10 καὶ φιλοτιμίαν περὶ παντὸς ἐποιεῖτο διαπράττε-
σθαι. καὶ ὁ Ἀστυάγης ὅ τι δέοιτο αὐτοῦ ὁ Κῦρος
οὐδὲν ἐδύνατο ἀντέχειν μὴ οὐ χαρίζεσθαι. καὶ
γὰρ ἀσθενήσαντος αὐτοῦ οὐδέποτε ἀπέλειπε τὸν
πάππον οὐδὲ κλάων ποτὲ ἐπαύετο, ἀλλὰ δῆλος ἦν
15 πᾶσιν ὅτι ὑπερεφοβεῖτο μή οἱ ὁ πάππος ἀποθάνῃ·
καὶ γὰρ ἐκ νυκτὸς εἴ τινος δέοιτο Ἀστυάγης, πρῶ-
τος ᾐσθάνετο Κῦρος καὶ πάντων ἀοκνότατα ἀνε-
πήδα ὑπηρετήσων ὅ τι οἴοιτο χαριεῖσθαι, ὥστε
παντάπασιν ἀνεκτήσατο τὸν Ἀστυάγην.

CYROPAEDIA, i. 4. 1, 2.

25.

Description of a well-ordered ship.

Καλλίστην δέ ποτε καὶ ἀκριβεστάτην ἔδοξα
σκευῶν τάξιν ἰδεῖν, ὦ Σώκρατες, εἰσβὰς ἐπὶ θέαν
εἰς τὸ μέγα πλοῖον τὸ Φοινικικόν. πλεῖστα γὰρ
σκεύη ἐν σμικροτάτῳ ἀγγείῳ διακεχωρισμένα ἐθεα-
5 σάμην. διὰ πολλῶν μὲν γὰρ δήπου, ἔφη, ξυλίνων
σκευῶν καὶ πλεκτῶν ὁρμίζεται ναῦς καὶ ἀνάγεται,
διὰ πολλῶν δὲ τῶν κρεμαστῶν καλουμένων πλεῖ,

πολλοῖς δὲ μηχανήμασιν ἀνθώπλισται πρὸς τὰ
πολέμια πλοῖα, πολλὰ δὲ ὅπλα τοῖς ἀνδράσι συμ-
10 περιάγει, πάντα δὲ σκεύη ὅσοισπερ ἐν οἰκίᾳ χρῶν-
ται ἄνθρωποι τῇ συσσιτίᾳ ἑκάστῃ κομίζει· γέμει
δὲ παρὰ πάντα φορτίων ὅσα ναύκληρος κέρδους
ἕνεκα ἄγεται. καὶ ὅσα λέγω, ἔφη, ἐγώ, πάντα οὐκ
ἐν πολλῷ τινι μείζονι χώρᾳ ἔκειτο ἢ ἐν δεκακλώῳ
15 στέγῃ συμμέτρῳ. καὶ οὕτω κείμενα ἕκαστα κατε-
νόησα ὡς οὔτε ἄλληλα ἐμποδίζει οὔτε μαστευτοῦ
δεῖται οὔτε ἀσυσκεύαστά ἐστιν οὔτε δυσλύτως ἔχει,
ὥστε διατριβὴν παρέχειν, ὅταν τῳ ταχὺ δέῃ χρῆ-
σθαι. OECONOMICUS, 8. 11-13.

26.

The difference between the princely and the private station.

Σιμωνίδης ὁ ποιητὴς ἀφίκετό ποτε πρὸς Ἱέρωνα
τὸν τύραννον. σχολῆς δὲ γενομένης ἀμφοῖν εἶπεν
ὁ Σιμωνίδης, Ἆρ' ἄν μοι ἐθελήσαις, ὦ Ἱέρων, διη-
γήσασθαι ἃ εἰκὸς εἰδέναι σε βέλτιον ἐμοῦ; Καὶ
5 ποῖα ταῦτ' ἐστίν, ἔφη ὁ Ἱέρων, ὁποῖα δὴ ἐγὼ βέλ-
τιον ἂν εἰδείην σοῦ οὕτως ὄντος σοφοῦ ἀνδρός;
Οἶδά σε, ἔφη, ἐγὼ καὶ ἰδιώτην γεγενημένον καὶ νῦν
τύραννον ὄντα· εἰκὸς οὖν ἀμφοτέρων πεπειραμένον
καὶ εἰδέναι σε μᾶλλον ἐμοῦ πῇ διαφέρει ὁ τυραννι-

10 κός τε καὶ ὁ ἰδιωτικὸς βίος εἰς εὐφροσύνας τε καὶ
λύπας ἀνθρώποις. Τί οὖν, ἔφη ὁ Ἱέρων, οὐχὶ καὶ
σύ, ἐπεὶ νῦν γε ἔτι ἰδιώτης εἶ, ὑπέμνησάς με τὰ ἐν
τῷ ἰδιωτικῷ βίῳ ; οὕτω γὰρ ἄν σοι οἶμαι μάλιστα
ἐγὼ δύνασθαι δηλοῦν τὰ διαφέροντα ἐν ἑκατέρῳ.
15 οὕτω δὴ ὁ Σιμωνίδης εἶπε, Τοὺς μὲν δὴ ἰδιώτας
ἔγωγε, ὦ Ἱέρων, δοκῶ μοι καταμεμαθηκέναι διὰ
μὲν τῶν ὀφθαλμῶν ὁράμασιν ἡδομένους τε καὶ
ἀχθομένους, διὰ δὲ τῶν ὤτων ἀκούσμασι, διὰ δὲ
τῶν ῥινῶν ὀσμαῖς, διὰ δὲ τοῦ στόματος σίτοις τε
20 καὶ ποτοῖς.   Hiero, i. 1-4.

27.

Socrates exhorts his son to filial piety.

Εἶτα τούτων μὲν ἐπιμέλεσθαι παρεσκεύασαι,
τὴν δὲ μητέρα τὴν πάντων μάλιστά σε φιλοῦσαν
οὐκ οἴει δεῖν θεραπεύειν ; οὐκ οἶσθ' ὅτι καὶ ἡ
πόλις ἄλλης μὲν ἀχαριστίας οὐδεμιᾶς ἐπιμέλεται
5 οὐδὲ δικάζει, ἀλλὰ περιορᾷ τοὺς εὖ πεπονθότας
χάριν οὐκ ἀποδιδόντας, ἐὰν δέ τις γονέας μὴ θερα-
πεύῃ, τούτῳ δίκην τε ἐπιτίθησι καὶ ἀποδοκιμά-
ζουσα οὐκ ἐᾷ ἄρχειν τούτου, ὡς οὔτε ἂν τὰ ἱερὰ
εὐσεβῶς θυόμενα ὑπὲρ τῆς πόλεως τούτου θύοντος
10 οὔτε ἄλλο καλῶς καὶ δικαίως οὐδὲν ἂν τούτου πρά-

ξαντος ; καὶ νὴ Δία ἐάν τις τῶν γονέων τελευτη-
σάντων τοὺς τάφους μὴ κοσμῇ, καὶ τοῦτο ἐξετάζει
ἡ πόλις ἐν ταῖς τῶν ἀρχόντων δοκιμασίαις. σὺ
οὖν, ὦ παῖ, ἐὰν σωφρονῇς, τοὺς μὲν θεοὺς παραι-
15 τήσει συγγνώμονάς σοι εἶναι, εἴ τι παρημέληκας
τῆς μητρός, μή σε καὶ οὗτοι νομίσαντες ἀχάριστον
εἶναι οὐκ ἐθέλωσιν εὖ ποιεῖν, τοὺς δὲ ἀνθρώπους
φυλάξει μή σε αἰσθόμενοι τῶν γονέων ἀμε-
λοῦντα πάντες ἀτιμάσωσιν, εἶτα ἐν ἐρημίᾳ φίλων
20 ἀναφανῇς· εἰ γάρ σε ὑπολάβοιεν πρὸς τοὺς γονέας
ἀχάριστον εἶναι, οὐδεὶς ἂν νομίσειεν εὖ σε ποιήσας
χάριν ἀπολήψεσθαι. MEMORABILIA, ii. 2. 13, 14.

28.

Speech of Procles: The naval superiority of the Athenians.

Ἀλλὰ μὴν τάς γε τέχνας τὰς περὶ ταῦτα πάσας
οἰκείας ἔχετε. καὶ μὴν ἐμπειρίᾳ γε πολὺ προέχετε
τῶν ἄλλων περὶ τὰ ναυτικά· ὁ γὰρ βίος τοῖς πλεί-
στοις ὑμῶν ἀπὸ τῆς θαλάττης· ὥστε τῶν ἰδίων
5 ἐπιμελόμενοι ἅμα καὶ τῶν κατὰ θάλατταν ἀγώνων
ἔμπειροι γίγνεσθε. ἔτι δὲ καὶ τόδε· οὐδαμόθεν
ἂν τριήρεις πλείους ἀθρόαι ἐκπλεύσειαν ἢ παρ᾽
ὑμῶν. ἔστι δὲ τοῦτο οὐκ ἐλάχιστον πρὸς ἡγεμο-
νίαν· πρὸς γὰρ τὸ πρῶτον ἰσχυρὸν γενόμενον

10 ἥδιστα πάντες συλλέγονται. ἔτι δὲ καὶ ἀπὸ τῶν
θεῶν δέδοται ὑμῖν εὐτυχεῖν ἐν τούτῳ· πλείστους
γὰρ καὶ μεγίστους ἀγῶνας ἠγωνισμένοι κατὰ θά-
λατταν ἐλάχιστα μὲν ἀποτετυχήκατε, πλεῖστα δὲ
κατωρθώκατε. εἰκὸς οὖν καὶ τοὺς συμμάχους μεθ᾽
15 ὑμῶν ἂν ἥδιστα τούτου τοῦ κινδύνου μετέχειν. ὡς
δὲ δὴ καὶ ἀναγκαία καὶ προσήκουσα ὑμῖν αὕτη ἡ
ἐπιμέλεια ἐκ τῶνδε ἐνθυμήθητε. Λακεδαιμόνιοι
ὑμῖν ἐπολέμουν ποτὲ πολλὰ ἔτη, καὶ κρατοῦντες
τῆς χώρας οὐδὲν προύκοπτον εἰς τὸ ἀπολέσαι ὑμᾶς.
20 ἐπεὶ δ᾽ ὁ θεὸς ἔδωκέ ποτε αὐτοῖς κατὰ θάλατταν
ἐπικρατῆσαι, εὐθὺς ὑπ᾽ ἐκείνοις παντελῶς ἐγένεσθε.
οὐκοῦν εὔδηλον ἐν τούτοις ἐστὶν ὅτι ἐκ τῆς θαλάτ-
της ἅπασα ὑμῖν ἤρτηται ἡ σωτηρία.

HELLENICA, vii. 1. 4–6.

29.

Philip, a professional jester, fails to be amusing.

Φίλιππος δ᾽ ὁ γελωτοποιὸς κρούσας τὴν θύραν
εἶπε τῷ ὑπακούσαντι εἰσαγγεῖλαι ὅστις τε εἴη καὶ
διότι κατάγεσθαι βούλοιτο· συνεσκευασμένος δὲ
παρεῖναι ἔφη πάντα τὰ ἐπιτήδεια ὥστε δειπνεῖν
5 τἀλλότρια, καὶ τὸν παῖδα δὲ ἔφη πάνυ πιέζεσθαι
διά τε τὸ φέρειν μηδὲν καὶ διὰ τὸ ἀνάριστον εἶναι.
ὁ οὖν Καλλίας ἀκούσας ταῦτα εἶπεν, Ἀλλὰ μέντοι,

ὦ ἄνδρες, αἰσχρὸν στέγης γε φθονῆσαι· εἰσίτω
οὖν. καὶ ἅμα ἀπέβλεψεν εἰς τὸν Αὐτόλυκον, δῆλον
10 ὅτι ἐπισκοπῶν τί ἐκείνῳ δόξειε τὸ σκῶμμα εἶναι.
ὁ δὲ στὰς ἐπὶ τῷ ἀνδρῶνι ἔνθα τὸ δεῖπνον ἦν εἶπεν,
Ὅτι μὲν γελωτοποιός εἰμι ἴστε πάντες· ἥκω δὲ
προθύμως νομίσας γελοιότερον εἶναι τὸ ἄκλητον ἢ
τὸ κεκλημένον ἐλθεῖν ἐπὶ τὸ δεῖπνον. Κατακλίνου
15 τοίνυν, ἔφη ὁ Καλλίας. καὶ γάρ οἱ παρόντες σπου-
δῆς μέν, ὡς ὁρᾷς, μεστοί, γέλωτος δὲ ἴσως ἐνδεέ-
στεροι. δειπνούντων δὲ αὐτῶν ὁ Φίλιππος γελοῖόν
τι εὐθὺς ἐπεχείρει λέγειν, ἵνα δὴ ἐπιτελοίη ὧνπερ
ἕνεκα ἐκαλεῖτο ἑκάστοτε ἐπὶ τὰ δεῖπνα. ὡς δ' οὐκ
20 ἐκίνησε γέλωτα, τότε μὲν ἀχθεσθεὶς φανερὸς ἐγέ-
νετο. αὖθις δ' ὀλίγον ὕστερον ἄλλο τι γελοῖον
ἐβούλετο λέγειν. ὡς δὲ οὐδὲ τότε ἐγέλασαν ἐπ'
αὐτῷ, ἐν τῷ μεταξὺ παυσάμενος τοῦ δείπνου συγ-
καλυψάμενος κατέκειτο. SYMPOSIUM, I. 11-14.

30.

The patriotism of King Agesilaus, his obedience to law, and
his fatherly care for his subjects.

Ὡς γε μὴν φιλόπολις ἦν καθ' ἓν μὲν ἕκαστον
μακρὸν ἂν εἴη γράφειν· οἶμαι γὰρ οὐδὲν εἶναι τῶν
πεπραγμένων αὐτῷ ὅ τι οὐκ εἰς τοῦτο συντείνει. ὡς
δ' ἐν βραχεῖ εἰπεῖν, ἅπαντες ἐπιστάμεθα ὅτι Ἀγη-

5 σίλαος, ὅπου ᾤετο τὴν πατρίδα τι ὠφελήσειν, οὐ
πόνων ὑφίετο, οὐ κινδύνων ἀφίστατο, οὐ χρημάτων
ἐφείδετο, οὐ σῶμα, οὐ γῆρας προὐφασίζετο, ἀλλὰ
καὶ βασιλέως ἀγαθοῦ τοῦτο ἔργον ἐνόμιζε τὸ τοὺς
ἀρχομένους ὡς πλεῖστα ἀγαθὰ ποιεῖν. ἐν τοῖς μεγί-
10 στοις δὲ ὠφελήμασι τῆς πατρίδος καὶ τόδε ἐγὼ
τίθημι αὐτοῦ ὅτι δυνατώτατος ὢν ἐν τῇ πόλει φανε-
ρὸς ἦν μάλιστα τοῖς νόμοις λατρεύων. τίς γὰρ ἂν
ἠθέλησεν ἀπειθεῖν ὁρῶν τὸν βασιλέα πειθόμενον ;
τίς δ᾽ ἂν ἡγούμενος μειονεκτεῖν νεώτερόν τι ἐπεχεί-
15 ρησε ποιεῖν εἰδὼς τὸν βασιλέα νομίμως καὶ τὸ κρα-
τεῖσθαι φέροντα ; ὃς καὶ πρὸς τοὺς διαφόρους ἐν
τῇ πόλει ὥσπερ πατὴρ πρὸς παῖδας προσεφέρετο.
ἐλοιδορεῖτο μὲν γὰρ ἐπὶ τοῖς ἁμαρτήμασιν, ἐτίμα
δ᾽ εἴ τι καλὸν πράττοιεν, παρίστατο δ᾽ εἴ τις συμ-
20 φορὰ συμβαίνοι, ἐχθρὸν μὲν οὐδένα ἡγούμενος
πολίτην, ἐπαινεῖν δὲ πάντας ἐθέλων, σῴζεσθαι δὲ
πάντας κέρδος νομίζων, ζημίαν δὲ τιθεὶς εἰ καὶ ὁ
μικροῦ ἄξιος ἀπόλοιτο. AGESILAUS, 7. 1–3.

31.

An original mode of sending a secret despatch.

Ὁ γὰρ Ἱστιαῖος βουλόμενος τῷ Ἀρισταγόρῃ
σημῆναι ἀποστῆναι ἄλλως μὲν οὐδαμῶς εἶχε
ἀσφαλέως σημῆναι ὥστε φυλασσομενέων τῶν
ὁδῶν, ὁ δὲ τῶν δούλων τὸν πιστότατον ἀποξυρή-
5 σας τὴν κεφαλὴν ἔστιξε καὶ ἀνέμεινε ἀναφῦναι
τὰς τρίχας, ὡς δὲ ἀνέφυσαν· τάχιστα, ἀπέπεμπε
ἐς Μίλητον ἐντειλάμενος αὐτῷ ἄλλο μὲν οὐδέν,
ἐπεὰν δὲ ἀπίκηται ἐς Μίλητον, κελεύεω Ἀριστα
γόρην ξυρήσαντά μιν τὰς τρίχας κατιδέσθαι ἐς
10 τὴν κεφαλήν. τὰ δὲ στίγματα ἐσήμαινε, ὡς καὶ
πρότερόν μοι εἴρηται, ἀπόστασιν. ταῦτα δὲ ὁ
Ἱστιαῖος ἐποίεε, συμφορὴν ποιεύμενος μεγάλην
τὴν ἑωυτοῦ κατοχὴν τὴν ἐν Σούσοισι· ἀποστάσιος
ὢν γινομένης πολλὰς εἶχε ἐλπίδας μετήσεσθαι ἐπὶ
15 θάλασσαν, μὴ δὲ νεώτερόν τι ποιεύσης τῆς Μιλή
του οὐδαμὰ ἐς αὐτὴν ἥξειν ἔτι ἐλογίζετο.   v. 35.

32.

The Seven Persians, led by Darius, slay the false Smerdis and his brother. Leaving their wounded in the palace, they incite the Persians to a general slaughter of the Magi.

Ἀποκτείναντες δὲ τοὺς Μάγους καὶ ἀποταμόντες αὐτῶν τὰς κεφαλὰς, τοὺς μὲν τρωματίας ἑωυτῶν αὐτοῦ λείπουσι καὶ ἀδυνασίης εἴνεκεν καὶ φυλακῆς τῆς ἀκροπόλιος, οἱ δὲ πέντε αὐτῶν ἔχοντες τῶν
5 Μάγων τὰς κεφαλὰς ἔθεον βοῇ τε καὶ πατάγῳ χρεώμενοι, καὶ Πέρσας τοὺς ἄλλους ἐπεκαλέοντο ἐξηγεόμενοί τε τὸ πρῆγμα καὶ δεικνύοντες τὰς κεφαλάς, καὶ ἅμα ἔκτεινον πάντα τινὰ τῶν Μάγων τὸν ἐν ποσὶ γινόμενον. οἱ δὲ Πέρσαι μαθόντες τό
10 γεγονὸς ἐκ τῶν ἑπτὰ καὶ τῶν Μάγων τὴν ἀπάτην, ἐδικαίευν καὶ αὐτοὶ ἕτερα τοιαῦτα ποιέειν, σπασάμενοι δὲ τὰ ἐγχειρίδια ἔκτεινον ὅκου τινὰ Μάγον εὕρισκον· εἰ δὲ μὴ νὺξ ἐπελθοῦσα ἔσχε, ἔλιπον ἂν οὐδένα Μάγον. ταύτην τὴν ἡμέρην θεραπεύουσι
15 Πέρσαι κοινῇ μάλιστα τῶν ἡμερίων, καὶ ἐν αὐτῇ ὁρτὴν μεγάλην ἀνάγουσι, ἣ κέκληται ὑπὸ Περσέων μαγοφόνια· ἐν τῇ Μάγον οὐδένα ἔξεστι φανῆναι ἐς τὸ φῶς, ἀλλὰ κατ᾽ οἴκους ἑωυτοὺς οἱ Μάγοι ἔχουσι τὴν ἡμέρην ταύτην.   iii. 79.

33.

Hippoclides dances away his chance of a marriage with the
daughter of Clisthenes.

Προϊούσης δὲ τῆς πόσιος κατέχων πολλὸν τοὺς
ἄλλους ὁ Ἱπποκλείδης ἐκέλευσέ οἱ τὸν αὐλητὴν
αὐλῆσαι ἐμμελείην, πειθομένου δὲ τοῦ αὐλητέω
ὀρχήσατο. καί κως ἑωυτῷ μὲν ἀρεστῶς ὀρχέετο, ὁ
5 Κλεισθένης δὲ ὀρέων ὅλον τὸ πρῆγμα ὑπώπτευε.
μετὰ δὲ ἐπισχὼν ὁ Ἱπποκλείδης χρόνον ἐκέλευσέ
τινα τράπεζαν ἐσενεῖκαι, ἐσελθούσης δὲ τῆς τρα-
πέζης πρῶτα μὲν ἐπ᾽ αὐτῆς ὀρχήσατο Λακωνικὰ
σχημάτια, μετὰ δὲ ἄλλα Ἀττικά, τὸ τρίτον δὲ
10 τὴν κεφαλὴν ἐρείσας ἐπὶ τὴν τράπεζαν τοῖσι σκέ-
λεσι ἐχειρονόμησε. Κλεισθένης δὲ τὰ μὲν πρῶτα
καὶ τὰ δεύτερα ὀρχεομένου, ἀποστυγέων γαμβρὸν
ἄν οἱ ἔτι γενέσθαι Ἱπποκλείδεα διὰ τήν τε ὄρχησιν
καὶ τὴν ἀναιδείην, κατεῖχε ἑωυτόν, οὐ βουλόμενος
15 ἐκραγῆναι ἐς αὐτόν· ὡς δὲ εἶδε τοῖσι σκέλεσι χει-
ρονομήσαντα, οὐκέτι κατέχειν δυνάμενος εἶπε "ὦ
παῖ Τισάνδρου, ἀπορχήσαό γε μὲν τὸν γάμον." ὁ
δὲ Ἱπποκλείδης ὑπολαβὼν εἶπε "οὐ φροντὶς Ἱπ-
ποκλείδῃ." ἀπὸ τούτου μὲν τοῦτο ὀνομάζεται,
Κλεισθένης δὲ σιγὴν ποιησάμενος ἔλεξε ἐς μέσον
τάδε. vi. 129.

34.

King Demaratus, although an exile, pays a tribute to the bravery of the Spartans.

Πρὸς ταῦτα Δημάρητος λέγει " ὦ βασιλεῦ,
ἀρχῆθεν ἠπιστάμην ὅτι ἀληθείῃ χρεώμενος οὐ
φίλα τοι ἐρέω· σὺ δὲ ἐπεὶ ἠνάγκασας λέγειν τῶν
λόγων τοὺς ἀληθεστάτους, ἔλεγον τὰ κατήκοντα
5 Σπαρτιήτῃσι. καίτοι ὡς ἐγὼ τυγχάνω τὰ νῦν τάδε
ἐστοργὼς ἐκείνους, αὐτὸς μάλιστα ἐξεπίστεαι, οἵ με
τιμήν τε καὶ γέρεα ἀπελόμενοι πατρώια ἄπολίν τε
καὶ φυγάδα πεποιήκασι, πατὴρ δὲ σὸς ὑποδεξά-
μενος βίον τέ μοι καὶ οἶκον ἔδωκε. οὔκων οἰκός
10 ἐστι ἄνδρα τὸν σώφρονα εὐνοίην φαινομένην δια-
θέεσθαι, ἀλλὰ στέργειν μάλιστα. ἐγὼ δὲ οὔτε
δέκα ἀνδράσι ὑπίσχομαι οἷός τε εἶναι μάχεσθαι
οὔτε δυοῖσι, ἑκών τε εἶναι οὐδ᾽ ἂν μουνομαχέοιμι.
εἰ δὲ ἀναγκαίη εἴη ἢ μέγας τις ὁ ἐποτρύνων ἀγών,
15 μαχοίμην ἂν πάντων ἥδιστα ἑνὶ τούτων τῶν ἀν-
δρῶν οἳ Ἑλλήνων ἕκαστός φησι τριῶν ἄξιος εἶναι.
ὡς δὲ καὶ Λακεδαιμόνιοι κατὰ μὲν ἕνα μαχόμενοι
οὐδαμῶν εἰσι κακίονες ἀνδρῶν, ἁλέες δὲ ἄριστοι
ἀνδρῶν ἁπάντων. ἐλεύθεροι γὰρ ἐόντες οὐ πάντα
20 ἐλεύθεροί εἰσι· ἔπεστι γάρ σφι δεσπότης νόμος,
τὸν ὑποδειμαίνουσι πολλῷ ἔτι μᾶλλον ἢ οἱ σοὶ σέ."

vii. 104.

35.

Helen never carried to Troy, but left in Egypt.

Εἰρομένου δέ μευ τοὺς ἱρέας εἰ μάταιον λόγον
λέγουσι οἱ Ἕλληνες τὰ περὶ Ἴλιον γενέσθαι ἢ οὔ,
ἔφασαν πρὸς ταῦτα τάδε, ἱστορίῃσι φάμενοι εἰδέ-
ναι παρ᾽ αὐτοῦ Μενέλεω. ἐλθεῖν μὲν γὰρ μετὰ τὴν
5 Ἑλένης ἁρπαγὴν ἐς τὴν Τευκρίδα γῆν Ἑλλήνων
στρατιὴν πολλὴν βοηθεῦσαν Μενέλεῳ, ἐκβᾶσαν
δὲ ἐς γῆν καὶ ἱδρυθεῖσαν τὴν στρατιὴν πέμπειν
ἐς τὸ Ἴλιον ἀγγέλους, σὺν δέ σφι ἰέναι καὶ αὐτὸν
Μενέλεων· τοὺς δ᾽ ἐπείτε ἐσελθεῖν ἐς τὸ τεῖχος,
10 ἀπαιτέειν Ἑλένην τε καὶ τὰ χρήματα τά οἱ οἴχετο
κλέψας Ἀλέξανδρος, τῶν τε ἀδικημάτων δίκας
αἰτέειν· τοὺς δὲ Τευκροὺς τὸν αὐτὸν λόγον λέγειν
τότε καὶ μετέπειτα, καὶ ὀμνύντας καὶ ἀνωμοτί, μὴ
μὲν ἔχειν Ἑλένην μηδὲ τὰ ἐπικαλεύμενα χρήματα,
15 ἀλλ᾽ εἶναι αὐτὰ πάντα ἐν Αἰγύπτῳ, καὶ οὐκ ἂν
δικαίως αὐτοὶ δίκας ὑπέχειν τῶν Πρωτεὺς ὁ Αἰγύ-
πτιος βασιλεὺς ἔχει. οἱ δὲ Ἕλληνες καταγελᾶσθαι
δοκέοντες ὑπ᾽ αὐτῶν οὕτω δὴ ἐπολιόρκεον ἐς ὃ ἐξεῖ-
λον· ἐλοῦσι δὲ τὸ τεῖχος ὡς οὐκ ἐφαίνετο ἡ Ἑλένη,
20 ἀλλὰ τὸν αὐτὸν λόγον τῷ προτέρῳ ἐπυνθάνοντο,
οὕτω δὴ πιστεύσαντες τῷ λόγῳ τῷ πρώτῳ οἱ Ἕλλη-
νες αὐτὸν Μενέλεων ἀποστέλλουσι παρὰ Πρωτέα.

ii. 118.

36.

Cyrus does not approve the proposal of the Persians to remove to a more fertile country.

Τούτου δὲ τοῦ ᾿Αρταΰκτεω τοῦ ἀνακρεμα-
σθέντος προπάτωρ ᾿Αρτεμβάρης ἐστὶ ὁ Πέρσῃ-
σι ἐξηγησάμενος λόγον τὸν ἐκεῖνοι ὑπολαβόν-
τες Κύρῳ προσήνεικαν. λέγοντα τάδε "ἐπεὶ Ζεὺς
5 Πέρσῃσι ἡγεμονίην διδοῖ, ἀνδρῶν δὲ σοί, Κῦρε,
κατελὼν ᾿Αστυάγην, φέρε, γῆν γὰρ ἐκτήμεθα ὀλί-
γην καὶ ταύτην τρηχέαν, μεταναστάντες ἐκ ταύτης
ἄλλην ἔχωμεν ἀμείνω. εἰσὶ δὲ πολλαὶ μὲν ἀστυ-
γείτονες πολλαὶ δὲ καὶ ἑκαστέρω, τῶν μίαν σχόν-
10 τες πλέοσι ἐσόμεθα θωμαστότεροι. οἰκὸς δὲ ἄν-
δρας ἄρχοντας τοιαῦτα ποιέειν· κότε γὰρ δὴ καὶ
παρέξει κάλλιον ἢ ὅτε γε ἀνθρώπων τε πολλῶν
ἄρχομεν πάσης τε τῆς ᾿Ασίης;" Κῦρος δὲ ταῦτα
ἀκούσας καὶ οὐ θωμάσας τὸν λόγον ἐκέλευε ποιέειν
15 ταῦτα, οὕτω δὲ αὐτοῖσι παραίνεε κελεύων παρα-
σκευάζεσθαι ὡς οὐκέτι ἄρξοντας ἀλλ' ἀρξομένους·
φιλέειν γὰρ ἐκ τῶν μαλακῶν χώρων μαλακοὺς
γίνεσθαι· οὐ γάρ τι τῆς αὐτῆς γῆς εἶναι καρ-
πόν τε θωμαστὸν φύειν καὶ ἄνδρας ἀγαθοὺς τὰ
20 πολέμια. ὥστε συγγνόντες Πέρσαι οἴχοντο ἀπο-
στάντες, ἐσσωθέντες τῇ γνώμῃ πρὸς Κύρου, ἄρ-

χειν τε εἴλοντο λυπρὴν οἰκέοντες μᾶλλον ἢ πεδιάδα
σπείροντες ἄλλοισι δουλεύειν. ix. 122.

37.

Harpagus relates how the infant Cyrus was exposed to death
by his orders.

Ἀστυάγης δὲ τοῦ μὲν βουκόλου τὴν ἀληθείην
ἐκφήναντος λόγον ἤδη καὶ ἐλάσσω ἐποιέετο, Ἁρ-
πάγῳ δὲ καὶ μεγάλως μεμφόμενος καλέειν αὐ-
τὸν τοὺς δορυφόρους ἐκέλευε. ὡς δέ οἱ παρῆν ὁ
5 Ἅρπαγος, εἴρετό μιν ὁ Ἀστυάγης "Ἅρπαγε, τέῳ
δὴ μόρῳ τὸν παῖδα κατεχρήσαο τόν τοι παρέδωκα
ἐκ θυγατρὸς γεγονότα τῆς ἐμῆς;" ὁ δὲ Ἅρπαγος
ὡς εἶδε τὸν βουκόλον ἔνδον ἐόντα, οὐ τράπεται
ἐπὶ ψευδέα ὁδόν, ἵνα μὴ ἐλεγχόμενος ἁλίσκηται,
10 ἀλλὰ λέγει τάδε. "ὦ βασιλεῦ, ἐπείτε παρέλα-
βον τὸ παιδίον, ἐβούλευον σκοπέων ὅκως σοί τε
ποιήσω κατὰ νόον, καὶ ἐγὼ πρὸς σὲ γινόμενος
ἀναμάρτητος μήτε θυγατρὶ τῇ σῇ μήτε αὐτῷ σοὶ
εἴην αὐθέντης. ποιέω δὴ ὧδε· καλέσας τὸν βου-
15 κόλον τόνδε παραδίδωμι τὸ παιδίον, φὰς σέ τε
εἶναι τὸν κελεύοντα ἀποκτεῖναι αὐτό. καὶ λέγων
τοῦτό γε οὐκ ἐψευδόμην· σὺ γὰρ ἐνετέλλεο οὕτω.
παραδίδωμι μέντοι τῷδε κατὰ τάδε ἐντειλάμε-
νος, θεῖναί μιν ἐς ἔρημον ὄρος καὶ παραμένοντα

20 φυλάσσειν ἄχρι οὗ τελευτήσῃ, ἀπειλήσας παντοία
τῷδε ἦν μὴ τάδε ἐπιτελέα ποιήσῃ. ἐπείτε δὲ ποιή-
σαντος τούτου τὰ κελευόμενα ἐτελεύτησε τὸ παι-
δίον, πέμψας τῶν εὐνούχων τοὺς πιστοτάτους καὶ
εἶδον δι᾽ ἐκείνων καὶ ἔθαψά μιν.   οὕτω ἔσχε, ὦ
25 βασιλεῦ, περὶ τοῦ πρήγματος τούτου, καὶ τοιούτῳ
μόρῳ ἐχρήσατο ὁ παῖς."

i. 117.

38.

**How the Greeks learned that they were enclosed by the
Persian ships at Salamis.**

Τῶν δὲ ἐν Σαλαμῖνι στρατηγῶν ἐγίνετο ὠθι-
σμὸς λόγων πολλός· ᾔδεσαν δὲ οὔκω ὅτι σφέας
περιεκυκλοῦντο τῇσι νηυσὶ οἱ βάρβαροι, ἀλλ᾽
ὥσπερ τῆς ἡμέρης ὥρων αὐτοὺς τεταγμένους, ἐδό-
5 κεον κατὰ χώρην εἶναι.   συνεστηκότων δὲ τῶν
στρατηγῶν, ἐξ Αἰγίνης διέβη Ἀριστείδης ὁ Λυ-
σιμάχου, ἀνὴρ Ἀθηναῖος μὲν ἐξωστρακισμένος
δὲ ὑπὸ τοῦ δήμου· τὸν ἐγὼ νενόμικα, πυνθανόμε-
νος αὐτοῦ τὸν τρόπον, ἄριστον ἄνδρα γενέσθαι ἐν
10 Ἀθήνῃσι καὶ δικαιότατον.   οὗτος ἀνὴρ στὰς ἐπὶ
τὸ συνέδριον ἐξεκαλέετο Θεμιστοκλέα, ἐόντα μὲν
ἑωυτῷ οὐ φίλον ἐχθρὸν δὲ τὰ μάλιστα· ὑπὸ
δὲ μεγάθεος τῶν παρεόντων κακῶν λήθην ἐκείνων
ποιεύμενος ἐξεκαλέετο, θέλων αὐτῷ συμμῖξαι· προα-

15 κηκόεε δὲ ὅτι σπεύδοιεν οἱ ἀπὸ Πελοποννήσου ἀνά-
γειν τὰς νέας πρὸς τὸν Ἰσθμόν. ὡς δὲ ἐξῆλθέ
οἱ Θεμιστοκλέης, ἔλεγε Ἀριστείδης τάδε. "ἡμέας
στασιάζειν χρεόν ἐστι ἔν τε τῷ ἄλλῳ καιρῷ καὶ
δὴ καὶ ἐν τῷδε περὶ τοῦ ὁκότερος ἡμέων πλέῳ
20 ἀγαθὰ τὴν πατρίδα ἐργάσεται. λέγω δέ τοι ὅτι
ἴσον ἐστὶ πολλά τε καὶ ὀλίγα λέγειν περὶ ἀπο-
πλόου τοῦ ἐνθεῦτεν Πελοποννησίοισι. ἐγὼ γὰρ
αὐτόπτης τοι λέγω γενόμενος ὅτι νῦν οὐδ' ἢν
θέλωσι Κορίνθιοί τε καὶ αὐτὸς Εὐρυβιάδης οἷοί τε
25 ἔσονται ἐκπλῶσαι· περιεχόμεθα γὰρ ὑπὸ τῶν πο-
λεμίων κύκλῳ. ἀλλ' ἐσελθών σφι ταῦτα σήμηνον."

viii. 78, 79.

39.

Mardonius taunts the Spartans with cowardice, and challenges
them to appoint champions for single combat with the Persians.

Ἐπεὶ δὲ κατέστησαν ἐς τὰς ἀρχαίας τάξις,
πέμψας ὁ Μαρδόνιος κήρυκα ἐς τοὺς Σπαρτιήτας
ἔλεγε τάδε. "ὦ Λακεδαιμόνιοι, ὑμεῖς δὴ λέγεσθε
εἶναι ἄνδρες ἄριστοι ὑπὸ τῶν τῇδε ἀνθρώπων, ἐκ-
5 παγλεομένων ὡς οὔτε φεύγετε ἐκ πολέμου οὔτε
τάξιν ἐκλείπετε, μένοντές τε ἢ ἀπόλλυτε τοὺς ἐναν-
τίους ἢ αὐτοὶ ἀπόλλυσθε. τῶν δ' ἄρ' ἦν οὐδὲν
ἀληθές· πρὶν γὰρ ἢ συμμῖξαι ἡμέας ἐς χειρῶν τε
νόμον ἀπικέσθαι, καὶ δὴ φεύγοντας καὶ στάσιν

10 ἐκλείποντας ὑμέας εἴδομεν, ἐν ᾿Αθηναίοισί τε τὴν
πρόπειραν ποιευμένους αὐτούς τε ἀντία δούλων
τῶν ἡμετέρων τασσομένους. ταῦτα οὐδαμῶς ἀν-
δρῶν ἀγαθῶν ἔργα, ἀλλὰ πλεῖστον δὴ ἐν ὑμῖν
ἐψεύσθημεν. προσδεκόμενοι γὰρ κατὰ κλέος ὡς
15 δὴ πέμψετε ἐς ἡμέας κήρυκα προκαλεύμενοι καὶ
βουλόμενοι μούνοισι Πέρσῃσι μάχεσθαι, ἄρτιοι
ἐόντες ποιέειν ταῦτα οὐδὲν τοιοῦτο λέγοντας ὑμέας
εὕρομεν ἀλλὰ πτώσσοντας μᾶλλον. νῦν ὦν ἐπειδὴ
οὐκ ὑμεῖς ἤρξατε τούτου τοῦ λόγου, ἀλλ᾿ ἡμεῖς
20 ἄρχομεν. τί δὴ οὐ πρὸ μὲν τῶν Ἑλλήνων ὑμεῖς,
ἐπείτε δεδόξωσθε εἶναι ἄριστοι, πρὸ δὲ τῶν βαρ-
βάρων ἡμεῖς ἴσοι πρὸς ἴσους ἀριθμὸν ἐμαχεσά-
μεθα; καὶ ἢν μὲν δοκέῃ καὶ τοὺς ἄλλους μάχεσθαι,
οἱ δ᾿ ὦν μετέπειτα μαχέσθων ὕστεροι· εἰ δὲ καὶ
25 μὴ δοκέοι ἀλλ᾿ ἡμέας μούνους ἀποχρᾶν, ἡμεῖς δὲ
διαμαχεσώμεθα· ὁκότεροι δ᾿ ἂν ἡμέων νικήσωσι,
τούτους τῷ ἅπαντι στρατοπέδῳ νικᾶν."   ix. 48.

40.

The Scythian mode of making sacrifice to Ares.

Τοῖσι μὲν δὴ ἄλλοισι τῶν θεῶν οὕτω θύουσι
καὶ ταῦτα τῶν κτηνέων, τῷ δὲ δὴ ῎Αρεϊ ὧδε. κατὰ
νομοὺς ἑκάστους τῶν ἀρχέων ἐσίδρυταί σφι
῎Αρεος ἱρὸν τοιόνδε· φρυγάνων φάκελοι συννενέα-

5 ται ὅσον τ' ἐπὶ σταδίους τρεῖς μῆκος καὶ εὖρος,
ὕψος δὲ ἔλασσον· ἄνω δὲ τούτου τετράγωνον ἄπε-
δον πεποίηται, καὶ τὰ μὲν τρία τῶν κώλων ἐστὶ
ἀπότομα, κατὰ δὲ τὸ ἓν ἐπιβατόν. ἔτεος δὲ ἑκά-
στου ἁμάξας πεντήκοντα καὶ ἑκατὸν ἐπινέουσι
10 φρυγάνων· ὑπονοστέει γὰρ δὴ αἰεὶ ὑπὸ τῶν χει-
μώνων. ἐπὶ τούτου δὴ τοῦ σηκοῦ ἀκινάκης σιδή-
ρεος ἵδρυται ἀρχαῖος ἑκάστοισι, καὶ τοῦτ' ἐστὶ
τοῦ Ἄρεος τὸ ἄγαλμα. τούτῳ δὲ τῷ ἀκινάκῃ
θυσίας ἐπετείους προσάγουσι προβάτων καὶ ἵπ-
15 πων, καὶ δὴ καὶ τοῖσιδ' ἔτι πλέω θύουσι ἢ τοῖσι
ἄλλοισι θεοῖσι· ὅσους ἂν τῶν πολεμίων ζωγρή-
σωσι, ἀπὸ τῶν ἑκατὸν ἀνδρῶν ἄνδρα θύουσι
τρόπῳ οὐ τῷ αὐτῷ καὶ τὰ πρόβατα, ἀλλ' ἑτε-
ροίῳ. ἐπεὰν γὰρ οἶνον ἐπισπείσωσι κατὰ τῶν
20 κεφαλέων, ἀποσφάζουσι τοὺς ἀνθρώπους ἐς ἄγγος
καὶ ἔπειτα ἀνενείκαντες ἄνω ἐπὶ τὸν ὄγκον τῶν
φρυγάνων καταχέουσι τὸ αἷμα τοῦ ἀκινάκεω. ἄνω
μὲν δὴ φορέουσι τοῦτο, κάτω δὲ παρὰ τὸ ἱρὸν
ποιεῦσι τάδε· τῶν ἀποσφαγέντων ἀνδρῶν τοὺς
25 δεξιοὺς ὤμους πάντας ἀποτάμνοντες σὺν τῆσι
χερσὶ ἐς τὸν ἠέρα ἱεῖσι, καὶ ἔπειτα καὶ τὰ ἄλλα
ἀπέρξαντες ἱρήια ἀπαλλάσσονται. χεὶρ δὲ τῇ ἂν
πέσῃ κέεται, καὶ χωρὶς ὁ νεκρός. iv. 62.

41.

The Argives, at Mantinea, advance to the charge with fury; the Lacedaemonians proceed slowly to the sound of music.

Καὶ μετὰ ταῦτα ἡ ξύνοδος ἦν, Ἀργεῖοι μὲν καὶ οἱ ξύμμαχοι ἐντόνως καὶ ὀργῇ χωροῦντες, Λακεδαιμόνιοι δὲ βραδέως καὶ ὑπὸ αὐλητῶν πολλῶν νόμου ἐγκαθεστώτων, οὐ τοῦ θείου χάριν, ἀλλ' ἵνα
5 ὁμαλῶς μετὰ ῥυθμοῦ βαίνοντες προέλθοιεν καὶ μὴ διασπασθείη αὐτοῖς ἡ τάξις, ὅπερ φιλεῖ τὰ μεγάλα στρατόπεδα ἐν ταῖς προσόδοις ποιεῖν.   v. 70.

42.

The petty aims and cautious natures of the tyrants in the Hellenic cities.

Τύραννοι δὲ ὅσοι ἦσαν ἐν ταῖς Ἑλληνικαῖς πόλεσι, τὸ ἐφ' ἑαυτῶν μόνον προορώμενοι ἔς τε τὸ σῶμα καὶ ἐς τὸ τὸν ἴδιον οἶκον αὔξειν, δι' ἀσφαλείας ὅσον ἐδύναντο μάλιστα τὰς πόλεις ᾤκουν,
5 ἐπράχθη τε ἀπ' αὐτῶν οὐδὲν ἔργον ἀξιόλογον, εἰ μή τι πρὸς περιοίκους τοὺς αὐτῶν ἑκάστοις.   οἱ γὰρ

ἐν Σικελίᾳ ἐπὶ πλεῖστον ἐχώρησαν δυνάμεως.
οὕτω πανταχόθεν ἡ Ἑλλὰς ἐπὶ πολὺν χρόνον κατεί-
χετο μήτε κοινῇ φανερὸν μηδὲν κατεργάζεσθαι,
10 κατὰ πόλεις τε ἀτολμοτέρα εἶναι. i. 17.

43.

The Mitylenaeans appeal to the Lacedaemonians for help.

" Αἰσχυνθέντες οὖν τάς τε τῶν Ἑλλήνων ἐς ὑμᾶς
ἐλπίδας καὶ Δία τὸν Ὀλύμπιον, ἐν οὗ τῷ ἱερῷ ἴσα
καὶ ἱκέται ἐσμέν, ἐπαμύνατε Μυτιληναίοις ξύμμα-
χοι γενόμενοι, καὶ μὴ προῆσθε ἡμᾶς, ἴδιον μὲν τὸν
5 κίνδυνον τῶν σωμάτων παραβαλλομένους, κοινὴν
δὲ τὴν ἐκ τοῦ κατορθῶσαι ὠφελίαν ἅπασι δώσον-
τας, ἔτι δὲ κοινοτέραν τὴν βλάβην, εἰ, μὴ πεισθέν-
των ὑμῶν, σφαλησόμεθα. γίγνεσθε δὲ ἄνδρες
οἷουσπερ ὑμᾶς οἵ τε Ἕλληνες ἀξιοῦσι καὶ τὸ ἡμέ-
10 τερον δέος βούλεται." iii. 14.

44.

Before the Athenian fleet sets sail for Sicily, the customary prayers are offered and libations are made.

Ἐπειδὴ δὲ αἱ νῆες πλήρεις ἦσαν καὶ ἐσέκειτο
πάντα ἤδη ὅσα ἔχοντες ἔμελλον ἀνάξεσθαι, τῇ μὲν
σάλπιγγι σιωπὴ ὑπεσημάνθη, εὐχὰς δὲ τὰς νομι-
ζομένας πρὸ τῆς ἀναγωγῆς οὐ κατὰ ναῦν ἑκάστην,

5 ξύμπαντες δὲ ὑπὸ κήρυκος ἐποιοῦντο, κρατῆράς τε
κεράσαντες παρ' ἅπαν τὸ στράτευμα καὶ ἐκπώμασι
χρυσοῖς τε καὶ ἀργυροῖς οἵ τε ἐπιβάται καὶ οἱ
ἄρχοντες σπένδοντες. ξυνεπηύχοντο δὲ καὶ ὁ ἄλλος
ὅμιλος ὁ ἐκ τῆς γῆς τῶν τε πολιτῶν καὶ εἴ τις
10 ἄλλος εὔνους παρῆν σφίσι. παιωνίσαντες δὲ καὶ
τελεώσαντες τὰς σπονδὰς ἀνήγοντο, καὶ ἐπὶ κέρως
τὸ πρῶτον ἐκπλεύσαντες ἅμιλλαν ἤδη μέχρι Αἰγί-
νης ἐποιοῦντο. καὶ οἱ μὲν ἐς τὴν Κέρκυραν, ἔνθα
περ καὶ τὸ ἄλλο στράτευμα τῶν ξυμμάχων ξυνελέ-
15 γετο, ἠπείγοντο ἀφικέσθαι.   vi. 32.

45.

**The Athenians are anxious to come to terms with the Lace-
daemonians, but are unsuccessful. They turn upon Pericles.**

Μετὰ δὲ τὴν δευτέραν ἐσβολὴν τῶν Πελοποννη-
σίων οἱ Ἀθηναῖοι, ὡς ἥ τε γῆ αὐτῶν ἐτέτμητο τὸ
δεύτερον καὶ ἡ νόσος ἐπέκειτο ἅμα καὶ ὁ πόλεμος,
ἠλλοίωντο τὰς γνώμας, καὶ τὸν μὲν Περικλέα ἐν
5 αἰτίᾳ εἶχον ὡς πείσαντα σφᾶς πολεμεῖν καὶ δι'
ἐκεῖνον ταῖς ξυμφοραῖς περιπεπτωκότες, πρὸς δὲ
τοὺς Λακεδαιμονίους ὥρμηντο ξυγχωρεῖν· καὶ
πρέσβεις τινὰς πέμψαντες ὡς αὐτοὺς ἄπρακτοι
ἐγένοντο. πανταχόθεν τε τῇ γνώμῃ ἄποροι καθε-

10 στῶτες ἐνέκειντο τῷ Περικλεῖ. ὁ δὲ ὁρῶν αὐτοὺς
πρὸς τὰ παρόντα χαλεπαίνοντας καὶ πάντα ποιοῦν-
τας ἄπερ αὐτὸς ἤλπιζε, ξύλλογον ποιήσας (ἔτι δ᾽
ἐστρατήγει) ἐβούλετο θαρσῦναί τε καὶ ἀπαγαγὼν
τὸ ὀργιζόμενον τῆς γνώμης πρὸς τὸ ἠπιώτερον
15 καὶ ἀδεέστερον καταστῆσαι. παρελθὼν δὲ ἔλεξε
τοιάδε. ii. 59.

46.

The terrible slaughter of the Athenians at the Assinarus, on their retreat from Syracuse.

Νικίας δὲ ἐπειδὴ ἡμέρα ἐγένετο ἦγε τὴν στρα-
τιάν· οἱ δὲ Συρακόσιοι καὶ οἱ ξύμμαχοι προσ-
έκειντο τὸν αὐτὸν τρόπον πανταχόθεν βάλλοντές
τε καὶ κατακοντίζοντες. καὶ οἱ Ἀθηναῖοι ἠπεί-
5 γοντο πρὸς τὸν Ἀσσίναρον ποταμόν, ἅμα μέν, βια-
ζόμενοι ὑπὸ τῆς πανταχόθεν προσβολῆς ἱππέων
τε πολλῶν καὶ τοῦ ἄλλου ὄχλου, οἰόμενοι ῥᾷόν τι
σφίσιν ἔσεσθαι, ἢν διαβῶσι τὸν ποταμόν, ἅμα δὲ
ὑπὸ τῆς ταλαιπωρίας καὶ τοῦ πιεῖν ἐπιθυμίᾳ. ὡς
10 δὲ γίγνονται ἐπ᾽ αὐτῷ, ἐσπίπτουσιν οὐδενὶ κόσμῳ
ἔτι, ἀλλὰ πᾶς τέ τις διαβῆναι αὐτὸς πρῶτος βουλό-
μενος καὶ οἱ πολέμιοι ἐπικείμενοι χαλεπὴν ἤδη τὴν
διάβασιν ἐποίουν· ἀθρόοι γὰρ ἀναγκαζόμενοι χω-
ρεῖν ἐπέπιπτόν τε ἀλλήλοις καὶ κατεπάτουν, περί

15 τε τοῖς δορατίοις καὶ σκεύεσιν οἱ μὲν εὐθὺς διεφθεί-
ροντο, οἱ δὲ ἐμπαλασσόμενοι κατέρρεον.   vii. 84.

47.

The Syracusans determine to close the mouth of their great
harbour, and hope to achieve great glory by the utter defeat
of the Athenians.

Οἱ δὲ Συρακόσιοι τόν τε λιμένα εὐθὺς παρέ-
πλεον ἀδεῶς καὶ τὸ στόμα αὐτοῦ διενοοῦντο κλή-
σειν, ὅπως μηκέτι, μηδ᾽ εἰ βούλοιντο, λάθοιεν αὐ-
τοὺς οἱ Ἀθηναῖοι ἐκπλεύσαντες. οὐ γὰρ περὶ τοῦ
5 αὐτοὶ σωθῆναι μόνον ἔτι τὴν ἐπιμέλειαν ἐποιοῦντο,
ἀλλὰ καὶ ὅπως ἐκείνους κωλύσωσι, νομίζοντες,
ὅπερ ἦν, ἀπό τε τῶν παρόντων πολὺ σφῶν καθυ-
πέρτερα τὰ πράγματα εἶναι, καὶ εἰ δύναιντο κρατῆ-
σαι Ἀθηναίων τε καὶ τῶν ξυμμάχων καὶ κατὰ γῆν
10 καὶ κατὰ θάλασσαν, καλὸν σφίσιν ἐς τοὺς Ἕλλη-
νας τὸ ἀγώνισμα φανεῖσθαι· τούς τε γὰρ ἄλλους
Ἕλληνας εὐθὺς τοὺς μὲν ἐλευθεροῦσθαι, τοὺς δὲ
φόβου ἀπολύεσθαι (οὐ γὰρ ἔτι δυνατὴν ἔσεσθαι
τὴν ὑπόλοιπον Ἀθηναίων δύναμιν τὸν ὕστερον
15 ἐπενεχθησόμενον πόλεμον ἐνεγκεῖν), καὶ αὐτοὶ δό-
ξαντες αἴτιοι αὐτῶν εἶναι ὑπό τε τῶν ἄλλων ἀνθρώ-
πων καὶ ὑπὸ τῶν ἔπειτα πολὺ θαυμασθήσεσθαι.

           vii. 56.

48.

Nearly the whole of the Greek expedition to Egypt, including a reinforcement of fifty triremes, is destroyed. Egypt again comes under the Persian yoke. Amyrtaeus escapes capture, but Inarus is betrayed and impaled.

Οὕτω μὲν τὰ τῶν Ἑλλήνων πράγματα ἐφθάρη ἐξ ἔτη πολεμήσαντα· καὶ ὀλίγοι ἀπὸ πολλῶν πορευόμενοι διὰ τῆς Λιβύης ἐς Κυρήνην ἐσώθησαν, οἱ δὲ πλεῖστοι ἀπώλοντο. Αἴγυπτος δὲ πάλιν ὑπὸ βασι-
5 λέα ἐγένετο πλὴν Ἀμυρταίου τοῦ ἐν τοῖς ἕλεσι βασιλέως· τοῦτον δὲ διὰ μέγεθός τε τοῦ ἕλους οὐκ ἐδύναντο ἑλεῖν καὶ ἅμα μαχιμώτατοί εἰσι τῶν Αἰγυπτίων οἱ ἕλειοι. Ἴναρως δὲ ὁ Λιβύων βασιλεύς, ὃς τὰ πάντα ἔπραξε περὶ τῆς Αἰγύπτου, προ-
10 δοσίᾳ ληφθεὶς ἀνεσταυρώθη. ἐκ δὲ τῶν Ἀθηνῶν καὶ τῆς ἄλλης ξυμμαχίδος πεντήκοντα τριήρεις διάδοχοι πλέουσαι ἐς Αἴγυπτον ἔσχον κατὰ τὸ Μενδήσιον κέρας, οὐκ εἰδότες τῶν γεγενημένων οὐδέν· καὶ αὐτοῖς ἔκ τε γῆς ἐπιπεσόντες πεζοὶ καὶ
15 ἐκ θαλάσσης Φοινίκων ναυτικὸν διέφθειραν τὰς πολλὰς τῶν νεῶν, αἱ δ' ἐλάσσους διέφυγον πάλιν. τὰ μὲν κατὰ τὴν μεγάλην στρατείαν Ἀθηναίων καὶ τῶν ξυμμάχων ἐς Αἴγυπτον οὕτως ἐτελεύτησεν.

i. 110.

49.

The Syracusans are defeated in their first engagement with
the Athenians, but are saved in their retreat by their cavalry.
During the battle a great storm comes on, which adds to the
terror of the Syracusans.

Γενομένης δ' ἐν χερσὶ τῆς μάχης ἐπὶ πολὺ ἀντεῖ-
χον ἀλλήλοις, καὶ ξυνέβη βροντάς τε ἅμα τινὰς
γενέσθαι καὶ ἀστραπὰς καὶ ὕδωρ πολύ, ὥστε τοῖς
μὲν πρῶτον μαχομένοις καὶ ἐλάχιστα πολέμῳ ὡμι-
5 ληκόσι καὶ τοῦτο ξυνεπιλαβέσθαι τοῦ φόβου, τοῖς
δ' ἐμπειροτέροις τὰ μὲν γιγνόμενα καὶ ὥρᾳ ἔτους
περαίνεσθαι δοκεῖν, τοὺς δὲ ἀνθεστῶτας πολὺ μείζω
ἔκπληξιν μὴ νικωμένους παρέχειν. ὠσαμένων δὲ
τῶν Ἀργείων πρῶτον τὸ εὐώνυμον κέρας τῶν Συρα-
10 κοσίων καὶ μετ' αὐτοὺς τῶν Ἀθηναίων τὸ κατὰ
σφᾶς αὐτούς, παρερρήγνυτο ἤδη καὶ τὸ ἄλλο
στράτευμα τῶν Συρακοσίων καὶ ἐς φυγὴν κατέστη.
καὶ ἐπὶ πολὺ μὲν οὐκ ἐδίωξαν οἱ Ἀθηναῖοι (οἱ γὰρ
ἱππῆς τῶν Συρακοσίων πολλοὶ ὄντες καὶ ἥσσητοι
15 εἶργον καὶ ἐσβαλόντες ἐς τοὺς ὁπλίτας αὐτῶν, εἴ
τινας προδιώκοντας ἴδοιεν, ἀνέστελλον), ἐπακολου-
θήσαντες δὲ ἀθρόοι ὅσον ἀσφαλῶς εἶχε πάλιν
ἐπανεχώρουν καὶ τροπαῖον ἵστασαν.　　　　vi. 70.

50.

The Athenians at Samos wish to sail to the Piraeus and take vengeance on the Four Hundred, but are restrained by Alcibiades, whom they have chosen general.

Οἱ δ' ἀκούοντες ταῦτά τε καὶ ἄλλα πολλὰ στρα-
τηγόν τε αὐτὸν εὐθὺς εἵλοντο μετὰ τῶν προτέρων
καὶ τὰ πράγματα πάντα ἀνετίθεσαν, τήν τε παραυ-
τίκα ἐλπίδα ἕκαστος τῆς τε σωτηρίας καὶ τῆς
5 τῶν τετρακοσίων τιμωρίας οὐδενὸς ἂν ἀντηλλά-
ξαντο, καὶ ἕτοιμοι ἤδη ἦσαν κατὰ τὸ αὐτίκα τούς
τε παρόντας πολεμίους ἐκ τῶν λεχθέντων καταφρο-
νεῖν καὶ πλεῖν ἐπὶ τὸν Πειραιᾶ. ὁ δὲ τὸ μὲν ἐπὶ
τὸν Πειραιᾶ πλεῖν τοὺς ἐγγυτέρω πολεμίους ὑπολι-
10 πόντας καὶ πάνυ διεκώλυσε πολλῶν ἐπειγομένων,
τὰ δὲ τοῦ πολέμου πρῶτον ἔφη, ἐπειδὴ καὶ στρατη-
γὸς ᾕρητο, πλεύσας ὡς Τισσαφέρνην πράξειν. καὶ
ἀπὸ ταύτης τῆς ἐκκλησίας εὐθὺς ᾤχετο, ἵνα δὴ
δοκῇ πάντα μετ' ἐκείνου κοινοῦσθαι, καὶ ἅμα βου-
15 λόμενος αὐτῷ τιμιώτερός τε εἶναι καὶ ἐνδείκνυσθαι
ὅτι καὶ στρατηγὸς ἤδη ᾕρηται καὶ εὖ καὶ κακῶς
οἷός τ' ἐστὶν αὐτὸν ἤδη ποιεῖν. ξυνέβαινε δὲ τῷ
Ἀλκιβιάδῃ τῷ μὲν Τισσαφέρνει τοὺς Ἀθηναίους
φοβεῖν, ἐκείνοις δὲ τὸν Τισσαφέρνην. viii. 82.

51.

The Peloponnesian War lasted twenty-seven years, and
included three periods.

Γέγραφε δὲ καὶ ταῦτα ὁ αὐτὸς Θουκυδίδης Ἀθη-
ναῖος ἑξῆς ὡς ἕκαστα ἐγένετο κατὰ θέρη καὶ χει-
μῶνας, ·μέχρι οὗ τήν τε ἀρχὴν κατέπαυσαν τῶν
Ἀθηναίων Λακεδαιμόνιοι καὶ οἱ ξύμμαχοι, καὶ τὰ
5 μακρὰ τείχη καὶ τὸν Πειραιᾶ κατέλαβον. ἔτη δὲ
ἐς τοῦτο τὰ ξύμπαντα ἐγένετο τῷ πολέμῳ ἑπτὰ καὶ
εἴκοσι. καὶ τὴν διὰ μέσου ξύμβασιν εἴ τις μὴ
ἀξιώσει πόλεμον νομίζειν, οὐκ ὀρθῶς δικαιώσει.
τοῖς τε γὰρ ἔργοις ὡς διῄρηται ἀθρείτω καὶ εὑρήσει
10 οὐκ εἰκὸς ὂν εἰρήνην αὐτὴν κριθῆναι, ἐν ᾗ οὔτε
ἀπέδοσαν πάντα οὔτ᾽ ἀπεδέξαντο ἃ ξυνέθεντο, ἔξω
τε τούτων πρὸς τὸν Μαντινικὸν καὶ Ἐπιδαύριον
πόλεμον καὶ ἐς ἄλλα ἀμφοτέροις ἁμαρτήματα ἐγέ-
νοντο, καὶ οἱ ἐπὶ Θρᾴκης ξύμμαχοι οὐδὲν ἧσσον
15 πολέμιοι ἦσαν, Βοιωτοί τε ἐκεχειρίαν δεχήμερον
ἦγον. ὥστε ξὺν τῷ πρώτῳ πολέμῳ τῷ δεκαετεῖ
καὶ τῇ μετ᾽ αὐτὸν ὑπόπτῳ ἀνοκωχῇ καὶ τῷ ὕστερον
ἐξ αὐτῆς πολέμῳ εὑρήσει τις τοσαῦτα ἔτη, λογιζό-
μενος κατὰ τοὺς χρόνους, καὶ ἡμέρας οὐ πολλὰς
20 παρενεγκούσας, καὶ τοῖς ἀπὸ χρησμῶν τι ἰσχυρι-
σαμένοις μόνον δὴ τοῦτο ἐχυρῶς ξυμβάν.   v. 26.

52.

The Melians, in 416 B.C., refuse to yield to the demands of Athens. Last words of the Athenians.

Καὶ οἱ μὲν Ἀθηναῖοι μετεχώρησαν ἐκ τῶν λό-
γων· οἱ δὲ Μήλιοι κατὰ σφᾶς αὐτοὺς γενόμενοι,
ὡς ἔδοξεν αὐτοῖς παραπλήσια καὶ ἀντέλεγον, ἀπε-
κρίναντο τάδε· "Οὔτε ἄλλα δοκεῖ ἡμῖν ἢ ἅπερ
5 καὶ τὸ πρῶτον, ὦ Ἀθηναῖοι, οὔτ' ἐν ὀλίγῳ χρόνῳ
πόλεως ἑπτακόσια ἔτη ἤδη οἰκουμένης τὴν ἐλευ-
θερίαν ἀφαιρησόμεθα, ἀλλὰ τῇ τε μέχρι τοῦδε
σῳζούσῃ τύχῃ ἐκ τοῦ θείου αὐτὴν καὶ τῇ ἀπὸ τῶν
ἀνθρώπων καὶ Λακεδαιμονίων τιμωρίᾳ πιστεύοντες
10 πειρασόμεθα σῴζεσθαι. προκαλούμεθα δὲ ὑμᾶς
φίλοι μὲν εἶναι, πολέμιοι δὲ μηδετέροις, καὶ ἐκ τῆς
γῆς ἡμῶν ἀναχωρῆσαι σπονδὰς ποιησαμένους
αἵτινες δοκοῦσιν ἐπιτήδειοι εἶναι ἀμφοτέροις."
Οἱ μὲν δὴ Μήλιοι τοσαῦτα ἀπεκρίναντο· οἱ δὲ
15 Ἀθηναῖοι διαλυόμενοι ἤδη ἐκ τῶν λόγων ἔφασαν·
"Ἀλλ' οὖν μόνοι γε ἀπὸ τούτων τῶν βουλευμάτων,
ὡς ἡμῖν δοκεῖτε, τὰ μὲν μέλλοντα τῶν ὁρωμένων
σαφέστερα κρίνετε, τὰ δὲ ἀφανῆ τῷ βούλεσθαι ὡς
γιγνόμενα ἤδη θεᾶσθε, καὶ Λακεδαιμονίοις καὶ τύχῃ
20 καὶ ἐλπίσι πλεῖστον δὴ παραβεβλημένοι καὶ πι-
στεύσαντες πλεῖστον καὶ σφαλήσεσθε."   v. 112, 113.

53.

Conference held at Mantinea in 419 B.C.   War between Epidaurus and Mantinea is suspended and then renewed.

Καὶ καθ᾽ ὃν χρόνον ἐν τῇ Ἐπιδαύρῳ οἱ Ἀργεῖοι ἦσαν, ἐς Μαντίνειαν πρεσβεῖαι ἀπὸ τῶν πόλεων ξυνῆλθον, Ἀθηναίων παρακαλεσάντων. καὶ γιγνομένων λόγων Εὐφαμίδας ὁ Κορίνθιος οὐκ ἔφη
5 τοὺς λόγους τοῖς ἔργοις ὁμολογεῖν· σφεῖς μὲν γὰρ περὶ εἰρήνης ξυγκαθῆσθαι, τοὺς δ᾽ Ἐπιδαυρίους καὶ τοὺς ξυμμάχους καὶ τοὺς Ἀργείους μεθ᾽ ὅπλων ἀντιτετάχθαι· διαλῦσαι οὖν πρῶτον χρῆναι ἀφ᾽ ἑκατέρων ἐλθόντας τὰ στρατόπεδα, καὶ οὕτω πάλιν
10 λέγειν περὶ τῆς εἰρήνης. καὶ πεισθέντες ᾤχοντο καὶ τοὺς Ἀργείους ἀπήγαγον ἐκ τῆς Ἐπιδαυρίας. ὕστερον δὲ ἐς τὸ αὐτὸ ξυνελθόντες οὐδ᾽ ὣς ἐδυνήθησαν ξυμβῆναι, ἀλλ᾽ οἱ Ἀργεῖοι πάλιν ἐς τὴν Ἐπιδαυρίαν ἐσέβαλον καὶ ἐδῄουν. ἐξεστράτευσαν
15 δὲ καὶ οἱ Λακεδαιμόνιοι ἐς Καρύας· καὶ ὡς οὐδ᾽ ἐνταῦθα τὰ διαβατήρια αὐτοῖς ἐγένετο, ἐπανεχώρησαν. Ἀργεῖοι δὲ τεμόντες τῆς Ἐπιδαυρίας ὡς τὸ τρίτον μέρος ἀπῆλθον ἐπ᾽ οἴκου. καὶ Ἀθηναίων αὐτοῖς χίλιοι ἐβοήθησαν ὁπλῖται καὶ Ἀλκιβιάδης
20 στρατηγός πυθόμενοι τοὺς Λακεδαιμονίους ἐξεστρατεῦσθαι, καὶ ὡς οὐδὲν ἔτι αὐτῶν ἔδει, ἀπῆλθον. καὶ τὸ θέρος οὕτω διῆλθεν.   v. 55.

54.

" "Ανδρες Πελοποννήσιοι καὶ οἱ ξύμμαχοι, καὶ
οἱ πατέρες ἡμῶν πολλὰς στρατείας καὶ ἐν αὐτῇ
τῇ Πελοποννήσῳ καὶ ἔξω ἐποιήσαντο, καὶ αὐτῶν
ἡμῶν οἱ πρεσβύτεροι οὐκ ἄπειροι πολέμων εἰσίν ·
5 ὅμως δὲ τῆσδε οὔπω μείζονα παρασκευὴν ἔχοντες
ἐξήλθομεν, ἀλλὰ καὶ ἐπὶ πόλιν δυνατωτάτην νῦν
ἐρχόμεθα καὶ αὐτοὶ πλεῖστοι καὶ ἄριστοι στρα-
τεύοντες. δίκαιον οὖν ἡμᾶς μήτε τῶν πατέρων
χείρους φαίνεσθαι μήτε ἡμῶν αὐτῶν τῆς δόξης
10 ἐνδεεστέρους. ἡ γὰρ Ἑλλὰς πᾶσα τῇδε τῇ ὁρμῇ
ἐπῆρται καὶ προσέχει τὴν γνώμην, εὔνοιαν ἔχουσα
διὰ τὸ Ἀθηναίων ἔχθος πρᾶξαι ἡμᾶς ἃ ἐπινοοῦμεν.
οὐκ οὖν χρή, εἴ τῳ καὶ δοκοῦμεν πλήθει ἐπιέναι καὶ
ἀσφάλεια πολλὴ εἶναι μὴ ἂν ἐλθεῖν τοὺς ἐναντίους
15 ἡμῖν διὰ μάχης, τούτου ἕνεκα ἀμελέστερόν τι παρε-
σκευασμένους χωρεῖν, ἀλλὰ καὶ πόλεως ἑκάστης
ἡγεμόνα καὶ στρατιώτην τὸ καθ' αὑτὸν ἀεὶ προσ-
δέχεσθαι ἐς κίνδυνόν τινα ἥξειν. ἄδηλα γὰρ
τὰ τῶν πολέμων καὶ ἐξ ὀλίγου τὰ πολλὰ καὶ δι'
20 ὀργῆς αἱ ἐπιχειρήσεις γίγνονται, πολλάκις τε τὸ
ἔλασσον πλῆθος δεδιὸς ἄμεινον ἠμύνατο τοὺς

πλέονας διὰ τὸ καταφρονοῦντας ἀπαρασκεύους
γενέσθαι."

ii. 11.

55·

The Peloponnesian commanders, about to engage the Athe-
nians by sea, encourage their troops, who are dispirited because
of a former defeat and are reluctant to fight.

"Ὑμῶν δὲ οὐδ' ἡ ἀπειρία τοσοῦτον λείπεται ὅσον
τόλμῃ προέχετε· τῶνδε δὲ ἡ ἐπιστήμη, ἣν μάλιστα
φοβεῖσθε, ἀνδρίαν μὲν ἔχουσα καὶ μνήμην ἕξει ἐν
τῷ δεινῷ ἐπιτελεῖν ἃ ἔμαθεν, ἄνευ δὲ εὐψυχίας
5 οὐδεμία τέχνη πρὸς τοὺς κινδύνους ἰσχύει. φόβος
γὰρ μνήμην ἐκπλήσσει, τέχνη δὲ ἄνευ ἀλκῆς οὐδὲν
ὠφελεῖ. πρὸς μὲν οὖν τὸ ἐμπειρότερον αὐτῶν τὸ
τολμηρότερον ἀντιτάξασθε, πρὸς δὲ τὸ διὰ τὴν
ἧσσαν δεδιέναι τὸ ἀπαράσκευοι τότε τυχεῖν. περι-
10 γίγνεται δὲ ὑμῖν πλῆθός τε νεῶν καὶ πρὸς τῇ γῇ
οἰκείᾳ οὔσῃ ὁπλιτῶν παρόντων ναυμαχεῖν· τὰ δὲ
πολλὰ τῶν πλειόνων καὶ ἄμεινον παρεσκευασμένων
τὸ κράτος ἐστίν. ὥστε οὐδὲ καθ' ἓν εὑρίσκομεν
εἰκότως ἂν ἡμᾶς σφαλλομένους· καὶ ὅσα ἡμάρτο-
15 μεν πρότερον, νῦν αὐτὰ ταῦτα προσγενόμενα διδα-
σκαλίαν παρέξει. θαρσοῦντες οὖν καὶ κυβερνῆται
καὶ ναῦται τὸ καθ' ἑαυτὸν ἕκαστος ἕπεσθε, χώραν
μὴ προλείποντες ᾗ ἄν τις προσταχθῇ. τῶν δὲ

πρότερον ἡγεμόνων οὐ χεῖρον τὴν ἐπιχείρησιν
20 ἡμεῖς παρασκευάσομεν καὶ οὐκ ἐνδώσομεν πρόφα-
σιν οὐδενὶ κακῷ γενέσθαι· ἢν δέ τις ἄρα καὶ βου-
ληθῇ, κολασθήσεται τῇ πρεπούσῃ ζημίᾳ, οἱ δὲ
ἀγαθοὶ τιμήσονται τοῖς προσήκουσιν ἄθλοις τῆς
ἀρετῆς." ii. 87.

56.

The oligarchs in Mt. Istone, on the island of Corcyra, sur-
render on condition that the decision of their fate shall be left
to the Athenian people.

Κατὰ δὲ τὸν αὐτὸν χρόνον ταῦτα ἐγίγνετο καὶ
Εὐρυμέδων καὶ Σοφοκλῆς, ἐπειδὴ ἐκ τῆς Πύλου
ἀπῆραν ἐς τὴν Σικελίαν ναυσὶν Ἀθηναίων, ἀφικό-
μενοι ἐς Κέρκυραν ἐστράτευσαν μετὰ τῶν ἐκ τῆς
5 πόλεως ἐπὶ τοὺς ἐν τῷ ὄρει τῆς Ἰστώνης Κερκυ-
ραίων καθιδρυμένους, οἳ τότε μετὰ τὴν στάσιν δια-
βάντες ἐκράτουν τε τῆς γῆς καὶ πολλὰ ἔβλαπτον.
προσβαλόντες δὲ τὸ μὲν τείχισμα εἷλον, οἱ δὲ
ἄνδρες καταπεφευγότες ἀθρόοι πρὸς μετέωρόν τι
10 ξυνέβησαν ὥστε τοὺς μὲν ἐπικούρους παραδοῦναι,
περὶ δὲ σφῶν τὰ ὅπλα παραδόντων τὸν Ἀθηναίων
δῆμον διαγνῶναι. καὶ αὐτοὺς ἐς τὴν νῆσον οἱ
στρατηγοὶ τὴν Πτυχίαν ἐς φυλακὴν διεκόμισαν
ὑποσπόνδους, μέχρι οὗ Ἀθήναζε πεμφθῶσιν, ὥστε,

15 ἄν τις ἁλῷ ἀποδιδράσκων, ἅπασι λελύσθαι τὰς
σπονδάς. οἱ δὲ τοῦ δήμου προστάται τῶν Κερκυ-
ραίων, δειδιότες μὴ οἱ Ἀθηναῖοι αὐτοὺς ἐλθόντας
οὐκ ἀποκτείνωσι, μηχανῶνται τοιόνδε τι· τῶν ἐν τῇ
νήσῳ πείθουσί τινας ὀλίγους, ὑποπέμψαντες φίλους
20 καὶ διδάξαντες ὡς κατ᾽ εὔνοιαν δὴ λέγειν ὅτι κρά-
τιστον αὐτοῖς εἴη ὡς τάχιστα ἀποδρᾶναι, πλοῖον
δέ τι αὐτοὶ ἑτοιμάσειν· μέλλειν γὰρ δὴ τοὺς στρα-
τηγοὺς τῶν Ἀθηναίων παραδώσειν αὐτοὺς τῷ δή-
μῳ τῶν Κερκυραίων.   iv. 46.

57.

Effect of the announcement at Athens of the total defeat of
the Sicilian Expedition.

Ἐς δὲ τὰς Ἀθήνας ἐπειδὴ ἠγγέλθη, ἐπὶ πολὺ
μὲν ἠπίστουν καὶ τοῖς πάνυ τῶν στρατιωτῶν ἐξ
αὐτοῦ τοῦ ἔργου διαπεφευγόσι καὶ σαφῶς ἀγγέλ-
λουσι, μὴ οὕτω γε ἄγαν πανσυδὶ διεφθάρθαι·
5 ἐπειδὴ δὲ ἔγνωσαν, χαλεποὶ μὲν ἦσαν τοῖς ξυμπρο-
θυμηθεῖσι τῶν ῥητόρων τὸν ἔκπλουν, ὥσπερ οὐκ
αὐτοὶ ψηφισάμενοι, ὠργίζοντο δὲ καὶ τοῖς χρη-
σμολόγοις τε καὶ μάντεσι καὶ ὁπόσοι τι τότε αὐ-
τοὺς θειάσαντες ἐπήλπισαν ὡς λήψονται Σικελίαν.
10 πάντα δὲ πανταχόθεν αὐτοὺς ἐλύπει τε καὶ περιει-
στήκει ἐπὶ τῷ γεγενημένῳ φόβος τε καὶ κατάπληξις

μεγίστη δή. ἅμα μὲν γὰρ στερόμενοι καὶ ἰδίᾳ ἕκα-
στος καὶ ἡ πόλις ὁπλιτῶν τε πολλῶν καὶ ἱππέων καὶ
ἡλικίας οἵαν οὐχ ἑτέραν ἑώρων ὑπάρχουσαν ἐβαρύ-
15 νοντο· ἅμα δὲ ναῦς οὐχ ὁρῶντες ἐν τοῖς νεωσοίκοις
ἱκανὰς οὐδὲ χρήματα ἐν τῷ κοινῷ οὐδ᾽ ὑπηρεσίας
ταῖς ναυσὶν ἀνέλπιστοι ἦσαν ἐν τῷ παρόντι σωθή-
σεσθαι· τούς τε ἀπὸ τῆς Σικελίας πολεμίους εὐθὺς
σφίσιν ἐνόμιζον τῷ ναυτικῷ ἐπὶ τὸν Πειραιᾶ πλευ-
20 σεῖσθαι, ἄλλως τε καὶ τοσοῦτον κρατήσαντας, καὶ
τοὺς αὐτόθεν πολεμίους τότε δὴ καὶ διπλασίως
πάντα παρεσκευασμένους κατὰ κράτος ἤδη καὶ ἐκ
γῆς καὶ ἐκ θαλάσσης ἐπικείσεσθαι, καὶ τοὺς ξυμ-
μάχους σφῶν μετ᾽ αὐτῶν ἀποστάντας.　　　viii. 1.

58.

King Agis nearly commits the fatal error of attacking a
strong position. Warned in season, he withdraws his troops
and floods the Mantinean territory.

Οἱ δὲ Ἀργεῖοι καὶ οἱ ξύμμαχοι, ὡς εἶδον αὐ-
τούς, καταλαβόντες χωρίον ἐρυμνὸν καὶ δυσπρόσ-
οδον παρετάξαντο ὡς ἐς μάχην. καὶ οἱ Λακεδαι-
μόνιοι εὐθὺς αὐτοῖς ἐπῄεσαν· καὶ μέχρι μὲν λίθου
5 καὶ ἀκοντίου βολῆς ἐχώρησαν· ἔπειτα τῶν πρε-
σβυτέρων τις Ἄγιδι ἐπεβόησεν, ὁρῶν πρὸς χωρίον
καρτερὸν ἰόντας σφᾶς, ὅτι διανοεῖται κακὸν κακῷ

ἶᾶσθαι, δηλῶν τῆς ἐξ Ἀργους ἐπαιτίου ἀναχωρή-
σεως τὴν παροῦσαν ἄκαιρον προθυμίαν ἀνάληψιν
10 βουλομένην εἶναι. ὁ δὲ εἴτε καὶ διὰ τὸ ἐπιβόημα
εἴτε καὶ αὐτῷ ἄλλο τι ἢ κατὰ τὸ αὐτὸ δόξαν, ἐξαίφ-
νης πάλιν τὸ στράτευμα κατὰ τάχος πρὶν ξυμμίξαι
ἀπῆγε. καὶ ἀφικόμενος πρὸς τὴν Τεγεᾶτιν τὸ ὕδωρ
ἐξέτρεπεν ἐς τὴν Μαντινικήν, περὶ οὗπερ ὡς τὰ
15 πολλὰ βλάπτοντος ὁποτέρωσε ἂν ἐσπίπτῃ Μαν-
τινῆς καὶ Τεγεᾶται πολεμοῦσιν. ἐβούλετο δὲ τοὺς
ἀπὸ τοῦ λόφου βοηθοῦντας ἐπὶ τὴν τοῦ ὕδατος
ἐκτροπήν, ἐπειδὰν πύθωνται, καταβιβάσαι, τοὺς
Ἀργείους καὶ τοὺς ξυμμάχους, καὶ ἐν τῷ ὁμαλῷ
20 τὴν μάχην ποιεῖσθαι· καὶ ὁ μὲν τὴν ἡμέραν ταύ-
την μείνας αὐτοῦ περὶ τὸ ὕδωρ ἐξέτρεπεν· οἱ δ᾽
Ἀργεῖοι καὶ οἱ ξύμμαχοι τὸ μὲν πρῶτον καταπλα-
γέντες τῇ ἐξ ὀλίγου αἰφνιδίῳ αὐτῶν ἀναχωρήσει οὐκ
εἶχον ὅ τι εἰκάσωσιν.   v. 65.

59.

Hippocrates fortifies Delium in 424 B.C. The main body of
the army then leaves the Boeotian territory.

Ὁ δὲ Ἱπποκράτης ἀναστήσας Ἀθηναίους παν-
δημεί, αὐτούς καὶ τοὺς μετοίκους καὶ ξένων ὅσοι
παρῆσαν, ὕστερος ἀφικνεῖται ἐπὶ τὸ Δήλιον, ἤδη
τῶν Βοιωτῶν ἀνακεχωρηκότων ἀπὸ τῶν Σιφῶν· καὶ

5 καθίσας τὸν στρατὸν Δήλιον ἐτείχιζε τοιῷδε τρόπῳ,
τὸ ἱερὸν τοῦ Ἀπόλλωνος. τάφρον μὲν κύκλῳ
περὶ τὸ ἱερὸν καὶ τὸν νεὼν ἔσκαπτον, ἐκ δὲ τοῦ
ὀρύγματος ἀνέβαλλον ἀντὶ τείχους τὸν χοῦν, καὶ
σταυροὺς παρακαταπηγνύντες ἄμπελον κόπτοντες
10 τὴν περὶ τὸ ἱερὸν ἐσέβαλλον καὶ λίθους ἅμα καὶ
πλίνθον ἐκ τῶν οἰκοπέδων τῶν ἐγγὺς καθαιροῦντες,
καὶ παντὶ τρόπῳ ἐμετεώριζον τὸ ἔρυμα. πύργους
τε ξυλίνους κατέστησαν ᾗ καιρὸς ἦν καὶ τοῦ ἱεροῦ
οἰκοδόμημα οὐδὲν ὑπῆρχεν· ἥπερ γὰρ ἦν στοὰ
15 κατεπεπτώκει. ἡμέρᾳ δὲ ἀρξάμενοι τρίτῃ ὡς οἴκο-
θεν ὥρμησαν ταύτην τε εἰργάζοντο καὶ τὴν τετάρ-
την καὶ τῆς πέμπτης μέχρι ἀρίστου. ἔπειτα, ὡς
τὰ πλεῖστα ἀπετετέλεστο, τὸ μὲν στρατόπεδον
προαπεχώρησεν ἀπὸ τοῦ Δηλίου οἷον δέκα σταδίους
20 ὡς ἐπ᾽ οἴκου πορευόμενον, καὶ οἱ μὲν ψιλοὶ οἱ πλεῖ-
στοι εὐθὺς ἐχώρουν, οἱ δ᾽ ὁπλῖται θέμενοι τὰ ὅπλα
ἡσύχαζον· Ἱπποκράτης δὲ ὑπομένων ἔτι καθίστατο
φυλακάς τε καὶ τὰ περὶ τὸ προτείχισμα, ὅσα ἦν
ὑπόλοιπα, ὡς χρῆν ἐπιτελέσαι. iv. 90.

60.

Hostilities being suspended at Pylus, Lacedaemonian ambas-
sadors come to Athens and ask for peace.

"Ἔπεμψαν ἡμᾶς Λακεδαιμόνιοι, ὦ Ἀθηναῖοι, περὶ

τῶν ἐν τῇ νήσῳ ἀνδρῶν πράξοντας, ὅ τι ἂν ὑμῖν τε
ὠφέλιμον ὂν τὸ αὐτὸ πείθωμεν καὶ ἡμῖν ἐς τὴν ξυμ-
φορὰν ὡς ἐκ τῶν παρόντων κόσμον μάλιστα μέλλῃ
5 οἴσειν. τοὺς δὲ λόγους μακροτέρους οὐ παρὰ τὸ
εἰωθὸς μηκυνοῦμεν, ἀλλ' ἐπιχώριον ὂν ἡμῖν οὗ μὲν
βραχεῖς ἀρκῶσι μὴ πολλοῖς χρῆσθαι, πλείοσι δὲ
ἐν ᾧ ἂν καιρὸς ᾖ διδάσκοντάς τι τῶν προύργου
λόγοις τὸ δέον πράσσειν. λάβετε δὲ αὐτοὺς μὴ
10 πολεμίως μηδ' ὡς ἀξύνετοι διδασκόμενοι, ὑπόμνη-
σιν δὲ τοῦ καλῶς βουλεύσασθαι πρὸς εἰδότας ἡγη-
σάμενοι. ὑμῖν γὰρ εὐτυχίαν τὴν παροῦσαν ἔξεστι
καλῶς θέσθαι ἔχουσι μὲν ὧν κρατεῖτε, προσλα-
βοῦσι δὲ τιμὴν καὶ δόξαν, καὶ μὴ παθεῖν ὅπερ οἱ
15 ἀήθως τι ἀγαθὸν λαμβάνοντες τῶν ἀνθρώπων· ἀεὶ
γὰρ τοῦ πλέονος ἐλπίδι ὀρέγονται διὰ τὸ καὶ τὰ
παρόντα ἀδοκήτως εὐτυχῆσαι. οἷς δὲ πλεῖσται
μεταβολαὶ ἐπ' ἀμφότερα ξυμβεβήκασι, δίκαιοί εἰσι
καὶ ἀπιστότατοι εἶναι ταῖς εὐπραγίαις· ὃ τῇ τε
20 ὑμετέρᾳ πόλει δι' ἐμπειρίαν καὶ ἡμῖν μαλιστ' ἂν
ἐκ τοῦ εἰκότος προσείη.

Γνῶτε δὲ καὶ ἐς τὰς ἡμετέρας νῦν ξυμφορὰς
ἀπιδόντες, οἵτινες ἀξίωμα μέγιστον τῶν Ἑλλήνων
ἔχοντες ἥκομεν παρ' ὑμᾶς, πρότερον αὐτοὶ κυριώ-
25 τεροι νομίζοντες εἶναι δοῦναι ἐφ' ἃ νῦν ἀφιγμένοι
ὑμᾶς αἰτούμεθα."

iv. 17, 18.

61.

The Plataeans, being invested, construct ladders with which
to scale the enemy's wall. This wall is double, with battlements
on both sides, and with great towers.

Κλίμακας ἐποιήσαντο ἴσας τῷ τείχει τῶν πολε-
μίων· ξυνεμετρήσαντο δὲ ταῖς ἐπιβολαῖς τῶν πλίν-
θων, ᾗ ἔτυχε πρὸς σφᾶς οὐκ ἐξαληλιμμένον τὸ
τεῖχος αὐτῶν· ἠριθμοῦντο δὲ πολλοὶ ἅμα τὰς ἐπι-
5 βολὰς καὶ ἔμελλον οἱ μέν τινες ἁμαρτήσεσθαι, οἱ
δὲ πλείους τεύξεσθαι τοῦ ἀληθοῦς λογισμοῦ, ἄλλως
τε καὶ πολλάκις ἀριθμοῦντες καὶ ἅμα οὐ πολὺ ἀπέ-
χοντες, ἀλλὰ ῥᾳδίως καθορωμένου ἐς ὃ ἐβούλοντο
τοῦ τείχους. τὴν μὲν οὖν ξυμμέτρησιν τῶν κλιμά-
10 κων οὕτως ἔλαβον, ἐκ τοῦ πάχους τῆς πλίνθου
εἰκάσαντες τὸ μέτρον.

Τὸ δὲ τεῖχος ἦν τῶν Πελοποννησίων τοιόνδε τῇ
οἰκοδομήσει. εἶχε μὲν δύο τοὺς περιβόλους, πρός
τε Πλαταιῶν καὶ εἴ τις ἔξωθεν ἀπ' Ἀθηνῶν ἐπίοι,
15 διεῖχον δὲ οἱ περίβολοι ἑκκαίδεκα πόδας μάλιστα
ἀπ' ἀλλήλων. τὸ οὖν μεταξὺ τοῦτο, οἱ ἑκκαίδεκα
πόδες, τοῖς φύλαξιν οἰκήματα διανενεμημένα ᾠκο-
δόμητο, καὶ ἦν ξυνεχῆ ὥστε ἓν φαίνεσθαι τεῖχος
παχὺ ἐπάλξεις ἔχον ἀμφοτέρωθεν. διὰ δέκα δὲ
20 ἐπάλξεων πύργοι ἦσαν μεγάλοι καὶ ἰσοπλατεῖς τῷ
τείχει, διήκοντες ἔς τε τὸ ἔσω μέτωπον αὐτοῦ καὶ

οἱ αὐτοὶ καὶ τὸ ἔξω, ὥστε πάροδον μὴ εἶναι παρὰ
πύργον, ἀλλὰ δι' αὐτῶν μέσων διῄεσαν. τὰς οὖν
νύκτας, ὁπότε χειμὼν εἴη νοτερός, τὰς μὲν ἐπάλξεις
25 ἀπέλειπον, ἐκ δὲ τῶν πύργων, ὄντων δι' ὀλίγου καὶ
ἄνωθεν στεγανῶν, τὴν φυλακὴν ἐποιοῦντο. iii. 20, 21.

62.

**Speech of the Corinthians just before the Peloponnesian
War, stating the reasons which assure the ultimate defeat of
the Athenians.**

"Ἡμεῖς δὲ νῦν καὶ ἀδικούμενοι τὸν πόλεμον
ἐγείρομεν καὶ ἱκανὰ ἔχοντες ἐγκλήματα, καὶ ὅταν
ἀμυνώμεθα Ἀθηναίους, καταθησόμεθα αὐτὸν ἐν
καιρῷ. κατὰ πολλὰ δὲ ἡμᾶς εἰκὸς ἐπικρατῆσαι,
5 πρῶτον μὲν πλήθει προύχοντας καὶ ἐμπειρίᾳ πολε-
μικῇ, ἔπειτα ὁμοίως πάντας ἐς τὰ παραγγελλόμενα
ἰόντας, ναυτικόν τε, ᾧ ἰσχύουσιν, ἀπὸ τῆς ὑπαρ-
χούσης τε ἑκάστοις οὐσίας ἐξαρτυσόμεθα καὶ ἀπὸ
τῶν ἐν Δελφοῖς καὶ Ὀλυμπίᾳ χρημάτων· δάνεισμα
10 γὰρ ποιησάμενοι ὑπολαβεῖν οἷοί τ' ἐσμὲν μισθῷ
μείζονι τοὺς ξένους αὐτῶν ναυβάτας. ὠνητὴ γὰρ
Ἀθηναίων ἡ δύναμις μᾶλλον ἢ οἰκεία· ἡ δὲ ἡμε-
τέρα ἧσσον ἂν τοῦτο πάθοι, τοῖς σώμασι τὸ πλέον
ἰσχύουσα ἢ τοῖς χρήμασι. μιᾷ τε νίκῃ ναυμαχίας
15 κατὰ τὸ εἰκὸς ἁλίσκονται· εἰ δ' ἀντίσχοιεν, μελε-

τήσομεν καὶ ἡμεῖς ἐν πλέονι χρόνῳ τὰ ναυτικά, καὶ
ὅταν τὴν ἐπιστήμην ἐς τὸ ἴσον καταστήσωμεν, τῇ
γε εὐψυχίᾳ δήπου περιεσόμεθα· ὃ γὰρ ἡμεῖς ἔχο-
μεν φύσει ἀγαθόν, ἐκείνοις οὐκ ἂν γένοιτο διδαχῇ·
20 ὃ δ᾽ ἐκεῖνοι ἐπιστήμῃ προύχουσι, καθαιρετέον ἡμῖν
ἐστι μελέτῃ. χρήματα δ᾽ ὥστ᾽ ἔχειν ἐς αὐτά
οἴσομεν· ἢ δεινὸν ἂν εἴη, εἰ οἱ μὲν ἐκείνων ξύμμα-
χοι ἐπὶ δουλείᾳ τῇ αὐτῶν φέροντες οὐκ ἀπεροῦσιν,
ἡμεῖς δ᾽ ἐπὶ τῷ τιμωρούμενοι τοὺς ἐχθροὺς καὶ
25 αὐτοὶ ἅμα σῴζεσθαι οὐκ ἄρα δαπανήσομεν καὶ ἐπὶ
τῷ μὴ ὑπ᾽ ἐκείνων αὐτὰ ἀφαιρεθέντες αὐτοῖς τούτοις
κακῶς πάσχειν."

i. 121.

63.

**The Plataeans surrender to the Lacedaemonians, and five
men are sent from Sparta to decide their fate.**

Ὑπὸ δὲ τοὺς αὐτοὺς χρόνους . τοῦ θέρους τού-
του καὶ οἱ Πλαταιῆς οὐκέτι ἔχοντες σῖτον οὐδὲ δυ-
νάμενοι πολιορκεῖσθαι ξυνέβησαν τοῖς Πελοποννη-
σίοις τοιῷδε τρόπῳ· προσέβαλον αὐτῶν τῷ τείχει,
5 οἱ δὲ οὐκ ἐδύναντο ἀμύνεσθαι. γνοὺς δὲ ὁ Λακε-
δαιμόνιος ἄρχων τὴν ἀσθένειαν αὐτῶν βίᾳ μὲν οὐκ
ἐβούλετο ἑλεῖν (εἰρημένον γὰρ ἦν αὐτῷ ἐκ Λακε-
δαίμονος, ὅπως, εἰ σπονδαὶ γίγνοιντό ποτε πρὸς
Ἀθηναίους καὶ ξυγχωροῖεν ὅσα πολέμῳ χωρία

10 ἔχουσιν ἑκάτεροι ἀποδίδοσθαι, μὴ ἀνάδοτος εἴη ἡ
Πλάταια ὡς αὐτῶν ἑκόντων προσχωρησάντων),
προσπέμπει δὲ αὐτοῖς κήρυκα λέγοντα, εἰ βούλον-
ται παραδοῦναι τὴν πόλιν ἑκόντες τοῖς Λακεδαιμο-
νίοις καὶ δικασταῖς ἐκείνοις χρήσασθαι, τούς τε
15 ἀδίκους κολάσειν, παρὰ δίκην δὲ οὐδένα. τοσαῦτα
μὲν ὁ κῆρυξ εἶπεν· οἱ δὲ (ἦσαν γὰρ ἤδη ἐν τῷ ἀσθε-
νεστάτῳ) παρέδοσαν τὴν πόλιν. καὶ τοὺς Πλα-
ταιέας ἔτρεφον οἱ Πελοποννήσιοι ἡμέρας τινάς, ἐν
ὅσῳ οἱ ἐκ τῆς Λακεδαίμονος δικασταί πέντε ἄνδρες
20 ἀφίκοντο. ἐλθόντων δὲ αὐτῶν κατηγορία μὲν οὐδε-
μία προετέθη, ἠρώτων δὲ αὐτοὺς ἐπικαλεσάμενοι
τοσοῦτον μόνον, εἴ τι Λακεδαιμονίους καὶ τοὺς
ξυμμάχους ἐν τῷ πολέμῳ τῷ καθεστῶτι ἀγαθὸν
εἰργασμένοι εἰσίν. οἱ δ᾽ ἔλεγον, αἰτησάμενοι
25 μακρότερα εἰπεῖν καὶ προτάξαντες σφῶν αὐτῶν
Ἀστύμαχόν τε τὸν Ἀσωπολάου καὶ Λάκωνα τὸν
Ἀειμνήστου, πρόξενον ὄντα Λακεδαιμονίων· καὶ
ἐπελθόντες ἔλεγον τοιάδε. iii. 52.

64.

Speech of Demosthenes at Pylus: "Let no man display his
wits by reckoning up our perils. We must fight; and the
chances are all in our favour."

"Ἄνδρες οἱ ξυναράμενοι τοῦδε τοῦ κινδύνου,

μηδεὶς ὑμῶν ἐν τῇ τοιᾷδε ἀνάγκῃ ξυνετὸς βουλέ-
σθω δοκεῖν εἶναι, ἐκλογιζόμενος ἅπαν τὸ περιεστὸς
ἡμᾶς δεινόν, μᾶλλον ἢ ἀπερισκέπτως εὔελπις
5 ὁμόσε χωρῆσαι τοῖς ἐναντίοις, καὶ ἐκ τούτων ἂν
περιγενόμενος. ὅσα γὰρ ἐς ἀνάγκην ἀφῖκται
ὥσπερ τάδε, λογισμὸν ἥκιστα ἐνδεχόμενα κινδύνου
τοῦ ταχίστου προσδεῖται. ἐγὼ δὲ καὶ τὰ πλείω
ὁρῶ πρὸς ἡμῶν ὄντα, ἢν ἐθέλωμέν τε μεῖναι καὶ
10 μὴ τῷ πλήθει αὐτῶν καταπλαγέντες τὰ ὑπάρχοντα
ἡμῖν κρείσσω καταπροδοῦναι. τοῦ τε γὰρ χωρίου
τὸ δυσέμβατον ἡμέτερον νομίζω· (μενόντων ἡμῶν
ξύμμαχον γίγνεται, ὑποχωρήσασι δὲ καίπερ χαλε-
πὸν ὂν εὔπορον ἔσται μηδενὸς κωλύοντος καὶ τὸν
15 πολέμιον δεινότερον ἕξομεν μὴ ῥᾳδίως αὐτῷ πάλιν
οὔσης τῆς ἀναχωρήσεως, ἢν καὶ ὑφ' ἡμῶν βιάζη-
ται· ἐπὶ γὰρ ταῖς ναυσὶ ῥᾷστοί εἰσιν ἀμύνεσθαι,
ἀποβάντες δὲ ἐν τῷ ἴσῳ ἤδη·) τό τε πλῆθος αὐτῶν
οὐκ ἄγαν δεῖ φοβεῖσθαι· κατ' ὀλίγον γὰρ μαχεῖται
20 καίπερ πολὺ ὂν ἀπορίᾳ τῆς προσορμίσεως, καὶ οὐκ
ἐν γῇ στρατός ἐστιν ἐκ τοῦ ὁμοίου μείζων, ἀλλ'
ἀπὸ νεῶν, αἷς πολλὰ τὰ καίρια δεῖ ἐν τῇ θαλάσσῃ
ξυμβῆναι. ὥστε τὰς τούτων ἀπορίας ἀντιπάλους
ἡγοῦμαι τῷ ἡμετέρῳ πλήθει, καὶ ἅμα ἀξιῶ ὑμᾶς,
25 Ἀθηναίους ὄντας καὶ ἐπισταμένους ἐμπειρίᾳ τὴν

ναυτικὴν ἐπ' ἄλλους ἀπόβασιν ὅτι, εἴ τις ὑπομένοι
καὶ μὴ φόβῳ ῥοθίου καὶ νεῶν δεινότητος κατάπλου
ὑποχωροίη, οὐκ ἄν ποτε βιάζοιτο, καὶ αὐτοὺς νῦν
μεῖναί τε καὶ ἀμυνομένους παρ' αὐτὴν τὴν ῥαχίαν
30 σῴζειν ἡμᾶς τε αὐτοὺς καὶ τὸ χωρίον."   iv. 10.

65.

The consternation of the Athenians when they learn of the
defection of Euboea in 411 B.C. They are in the greatest dan-
ger, but are saved by the supineness of the Lacedaemonians.

Τοῖς δ' Ἀθηναίοις ὡς ἦλθε τὰ περὶ τὴν Εὔβοιαν
γεγενημένα, ἔκπληξις μεγίστη δὴ τῶν πρὶν παρέ-
στη. οὔτε γὰρ ἡ ἐν τῇ Σικελίᾳ ξυμφορά, καίπερ
μεγάλη τότε δόξασα εἶναι, οὔτε ἄλλο οὐδέν πω
5 οὕτως ἐφόβησεν. ὅπου γὰρ, στρατοπέδου τε τοῦ
ἐν Σάμῳ ἀφεστηκότος, ἄλλων τε νεῶν οὐκ οὐσῶν
οὐδὲ τῶν ἐσβησομένων, αὐτῶν τε στασιαζόντων καὶ
ἄδηλον ὂν ὁπότε σφίσιν αὐτοῖς ξυρράξουσι, το-
σαύτη ἡ ξυμφορὰ ἐπεγεγένητο, ἐν ᾗ ναῦς τε καὶ
10 τὸ μέγιστον Εὔβοιαν ἀπολωλέκεσαν, ἐξ ἧς πλείω
ἢ τῆς Ἀττικῆς ὠφελοῦντο, πῶς οὐκ εἰκότως ἠθύ-
μουν; μάλιστα δ' αὐτοὺς καὶ δι' ἐγγυτάτου ἐθο-
ρύβει, εἰ οἱ πολέμιοι τολμήσουσι νενικηκότες εὐθὺ
σφῶν ἐπὶ τὸν Πειραιᾶ ἔρημον ὄντα νεῶν πλεῖν,
15 καὶ ὅσον οὐκ ἤδη ἐνόμιζον αὐτοὺς παρεῖναι. ὅπερ

ἄν, εἰ τολμηρότεροι ἦσαν, ῥᾳδίως ἂν ἐποίησαν, καὶ
ἢ διέστησαν ἂν ἔτι μᾶλλον τὴν πόλιν ἐφορμοῦντες,
ἢ, εἰ ἐπολιόρκουν μένοντες, καὶ τὰς ἀπ' Ἰωνίας ναῦς
ἠνάγκασαν ἂν καίπερ πολεμίας οὔσας τῇ ὀλι-
20 γαρχίᾳ τοῖς σφετέροις οἰκείοις καὶ τῇ ξυμπάσῃ
πόλει βοηθῆσαι· καὶ ἐν τούτῳ Ἑλλήσποντός τε ἂν
ἦν αὐτοῖς καὶ Ἰωνία καὶ αἱ νῆσοι καὶ τὰ μέχρι
Βοιωτίας καὶ ὡς εἰπεῖν ἡ Ἀθηναίων ἀρχὴ πᾶσα.
ἀλλ' οὐκ ἐν τούτῳ μόνῳ Λακεδαιμόνιοι Ἀθηναίοις
25 πάντων δὴ ξυμφορώτατοι προσπολεμῆσαι ἐγέ-
νοντο, ἀλλὰ καὶ ἐν ἄλλοις πολλοῖς. διάφοροι γὰρ
πλεῖστον ὄντες τὸν τρόπον, οἱ μὲν ὀξεῖς οἱ δὲ βρα-
δεῖς, καὶ οἱ μὲν ἐπιχειρηταὶ οἱ δὲ ἄτολμοι, ἄλλως
τε καὶ ἐν ἀρχῇ ναυτικῇ πλεῖστα ὠφέλουν. ἔδειξαν
30 δὲ οἱ Συρακόσιοι· μάλιστα γὰρ ὁμοιότροποι γενό-
μενοι ἄριστα καὶ προσεπολέμησαν.　　　viii. 96.

66.

The Athenians put Salaethus to death, and order the slaugh-
ter of the Mitylenaeans ; but begin to repent, and are persuaded
to reconsider their resolution.

Ἀφικομένων δὲ τῶν ἀνδρῶν καὶ τοῦ Σαλαίθου οἱ
Ἀθηναῖοι τὸν μὲν Σάλαιθον εὐθὺς ἀπέκτειναν, ἔστιν
ἃ παρεχόμενον τά τ' ἄλλα καὶ ἀπὸ Πλαταιῶν (ἔτι
γὰρ ἐπολιορκοῦντο) ἀπάξειν Πελοποννησίους· περὶ

5 δὲ τῶν ἀνδρῶν γνώμας ἐποιοῦντο, καὶ ὑπὸ ὀργῆς
ἔδοξεν αὐτοῖς οὐ τοὺς παρόντας μόνον ἀποκτεῖναι,
ἀλλὰ καὶ τοὺς ἅπαντας Μυτιληναίους ὅσοι ἡβῶσι,
παῖδας δὲ καὶ γυναῖκας ἀνδραποδίσαι, ἐπικαλοῦντες
τήν τε ἄλλην ἀπόστασιν ὅτι οὐκ ἀρχόμενοι ὥσπερ
10 οἱ ἄλλοι ἐποιήσαντο, καὶ προσξυνεβάλετο οὐκ
ἐλάχιστον τῆς ὁρμῆς αἱ Πελοποννησίων νῆες ἐς
Ἰωνίαν ἐκείνοις βοηθοὶ τολμήσασαι παρακινδυνεῦ-
σαι· οὐ γὰρ ἀπὸ βραχείας διανοίας ἐδόκουν τὴν
ἀπόστασιν ποιήσασθαι. πέμπουσιν οὖν τριήρη
15 ὡς Πάχητα ἄγγελον τῶν δεδογμένων, κατὰ τάχος
κελεύοντες διαχρήσασθαι Μυτιληναίους· καὶ τῇ
ὑστεραίᾳ μετάνοιά τις εὐθὺς ἦν αὐτοῖς καὶ ἀναλο-
γισμὸς ὠμὸν τὸ βούλευμα καὶ μέγα ἐγνῶσθαι,
πόλιν ὅλην διαφθεῖραι μᾶλλον ἢ οὐ τοὺς αἰτίους.
20 ὡς δ' ᾔσθοντο τοῦτο τῶν Μυτιληναίων οἱ παρόντες
πρέσβεις καὶ οἱ αὐτοῖς τῶν Ἀθηναίων ξυμπράσ-
σοντες, παρεσκεύασαν τοὺς ἐν τέλει ὥστε αὖθις
γνώμας προθεῖναι, καὶ ἔπεισαν ῥᾷον, διότι καὶ
ἐκείνοις ἔνδηλον ἦν βουλόμενον τὸ πλέον τῶν
25 πολιτῶν αὖθίς τινας σφίσιν ἀποδοῦναι βουλεύσα-
σθαι. καταστάσης δ' εὐθὺς ἐκκλησίας ἄλλαι τε
γνῶμαι ἀφ' ἑκάστων ἐλέγοντο καὶ Κλέων ὁ Κλεαι-
νέτου, ὅσπερ καὶ τὴν προτέραν ἐνενικήκει ὥστε

ἀποκτεῖναι, ὧν καὶ ἐς τὰ ἄλλα βιαιότατος τῶν
30 πολιτῶν τῷ τε δήμῳ παρὰ πολὺ ἐν τῷ τότε πιθα-
νώτατος, παρελθὼν αὖθις ἔλεγε τοιάδε.   iii. 36.

67.

Speech of Cleon on the Mitylenaean decree: "Your foolish
kindness to your allies, who hate you, and your detestable
readiness to change your minds, threaten the destruction of our
empire."

"Πολλάκις μὲν ἤδη ἔγωγε καὶ ἄλλοτε ἔγνων
δημοκρατίαν ὅτι ἀδύνατόν ἐστιν ἑτέρων ἄρχειν,
μάλιστα δ' ἐν τῇ νῦν ὑμετέρᾳ περὶ Μυτιληναίων
μεταμελείᾳ. διὰ γὰρ τὸ καθ' ἡμέραν ἀδεὲς καὶ
5 ἀνεπιβούλευτον πρὸς ἀλλήλους καὶ ἐς τοὺς ξυμμά-
χους τὸ αὐτὸ ἔχετε, καὶ ὅ τι ἂν ᾖ λόγῳ πεισθέντες
ὑπ' αὐτῶν ἁμάρτητε ἢ οἴκτῳ ἐνδῶτε, οὐκ ἐπικινδύ-
νως ἡγεῖσθε ἐς ὑμᾶς καὶ οὐκ ἐς τὴν τῶν ξυμμάχων
χάριν μαλακίζεσθαι, οὐ σκοποῦντες ὅτι τυραννίδα
10 ἔχετε τὴν ἀρχὴν καὶ πρὸς ἐπιβουλεύοντας αὐτοὺς
καὶ ἄκοντας ἀρχομένους · οὐκ ἐξ ὧν ἂν χαρίζησθε
βλαπτόμενοι αὐτοὶ ἀκροῶνται ὑμῶν, ἀλλ' ἐξ ὧν
ἂν ἰσχύι μᾶλλον ἢ τῇ ἐκείνων εὐνοίᾳ περιγένησθε.
πάντων δὲ δεινότατον εἰ βέβαιον ἡμῖν μηδὲν καθε-
15 στήξει ὧν ἂν δόξῃ πέρι, μηδὲ γνωσόμεθα ὅτι χεί-
ροσι νόμοις ἀκινήτοις χρωμένη πόλις κρείσσων

ἐστὶν ἢ καλῶς ἔχουσιν ἀκύροις, ἀμαθία τε μετὰ
σωφροσύνης ὠφελιμώτερον ἢ δεξιότης μετὰ ἀκο-
λασίας, οἵ τε φαυλότεροι τῶν ἀνθρώπων πρὸς τοὺς
20 ξυνετωτέρους ὡς ἐπὶ τὸ πλεῖον ἄμεινον οἰκοῦσι τὰς
πόλεις. οἱ μὲν γὰρ τῶν τε νόμων σοφώτεροι βού-
λονται φαίνεσθαι τῶν τε ἀεὶ λεγομένων ἐς τὸ κοινὸν
περιγίγνεσθαι, ὡς ἐν ἄλλοις μείζοσιν οὐκ ἂν δηλώ-
σαντες τὴν γνώμην, καὶ ἐκ τοῦ τοιούτου τὰ πολλὰ
25 σφάλλουσι τὰς πόλεις· οἱ δ' ἀπιστοῦντες τῇ ἐξ
ἑαυτῶν ξυνέσει ἀμαθέστεροι μὲν τῶν νόμων ἀξιοῦ-
σιν εἶναι, ἀδυνατώτεροι δὲ τοῦ καλῶς εἰπόντος
μέμψασθαι λόγον, κριταὶ δὲ ὄντες ἀπὸ τοῦ ἴσου
μᾶλλον ἢ ἀγωνισταὶ ὀρθοῦνται τὰ πλείω. ὡς οὖν
30 χρὴ καὶ ἡμᾶς ποιοῦντας μὴ δεινότητι καὶ ξυνέσεως
ἀγῶνι ἐπαιρομένους παρὰ τὸ δόξαν τῷ ὑμετέρῳ
πλήθει παραινεῖν."

iii. 37.

68.

Speech of Diodotus on the Mitylenaean decree, in opposition
to Cleon: "Severity in the treatment of revolted subjects is
folly. Our true policy is prevention, not punishment."

"Οὐκ οὖν χρὴ οὔτε τοῦ θανάτου τῇ ζημίᾳ ὡς
ἐχεγγύῳ πιστεύσαντας χεῖρον βουλεύσασθαι, οὔτε
ἀνέλπιστον καταστῆσαι τοῖς ἀποστᾶσιν ὡς οὐκ
ἔσται μεταγνῶναι καὶ ὅτι ἐν βραχυτάτῳ τὴν ἀμαρ-

5 τίαν καταλῦσαι. σκέψασθε γὰρ ὅτι νῦν μέν, ἢν
τις καὶ ἀποστᾶσα πόλις γνῷ μὴ περιεσομένη,
ἔλθοι ἂν ἐς ξύμβασιν δυνατὴ οὖσα ἔτι τὴν δαπά-
νην ἀποδοῦναι καὶ τὸ λοιπὸν ὑποτελεῖν· ἐκείνως δὲ
τίνα οἴεσθε ἥντινα οὐκ ἄμεινον μὲν ἢ νῦν παρα-
10 σκευάσεσθαι, πολιορκίᾳ τε παρατενεῖσθαι ἐς τοῦ-
σχατον, εἰ τὸ αὐτὸ δύναται σχολῇ καὶ ταχὺ ξυμ-
βῆναι; ἡμῖν τε πῶς οὐ βλάβη δαπανᾶν καθημέ-
νοις διὰ τὸ ἀξύμβατον, καὶ ἢν ἕλωμεν, πόλιν
ἐφθαρμένην παραλαβεῖν καὶ τῆς προσόδου τὸ λοι-
15 πὸν ἀπ' αὐτῆς στέρεσθαι; ἰσχύομεν δὲ πρὸς τοὺς
πολεμίους τῷδε. ὥστε οὐ δικαστὰς ὄντας δεῖ ἡμᾶς
μᾶλλον τῶν ἐξαμαρτανόντων ἀκριβεῖς βλάπτεσθαι
ἢ ὁρᾶν ὅπως ἐς τὸν ἔπειτα χρόνον μετρίως κολά-
ζοντες ταῖς πόλεσιν ἕξομεν ἐς χρημάτων λόγον
20 ἰσχυούσαις χρῆσθαι, καὶ τὴν φυλακὴν μὴ ἀπὸ τῶν
νόμων τῆς δεινότητος ἀξιοῦν ποιεῖσθαι, ἀλλ' ἀπὸ
τῶν ἔργων τῆς ἐπιμελείας. οὗ νῦν τἀναντία δρῶν-
τες, ἤν τινα ἐλεύθερον καὶ βίᾳ ἀρχόμενον εἰκότως
πρὸς αὐτονομίαν ἀποστάντα χειρωσώμεθα, χαλε-
25 πῶς οἰόμεθα χρῆναι τιμωρεῖσθαι. χρὴ δὲ τοὺς
ἐλευθέρους οὐκ ἀφισταμένους σφόδρα κολάζειν,
ἀλλὰ πρὶν ἀποστῆναι σφόδρα φυλάσσειν καὶ προ-
καταλαμβάνειν ὅπως μηδ' ἐς ἐπίνοιαν τούτου ἴωσι,

κρατήσαντάς τε ὅτι ἐπ' ἐλάχιστον τὴν αἰτίαν ἐπι-
30 φέρειν."

iii. 46.

69.

Brasidas, escorted by the leading men of the country, makes
his way through Thessaly. His politic language.

Βρασίδας δὲ κατὰ τὸν αὐτὸν χρόνον τοῦ θέρους
πορευόμενος ἐπτακοσίοις καὶ χιλίοις ὁπλίταις ἐς
τὰ ἐπὶ Θράκης ἐπειδὴ ἐγένετο ἐν Ἡρακλείᾳ τῇ
ἐν Τραχῖνι, καὶ προπέμψαντος αὐτοῦ ἄγγελον ἐς
5 Φάρσαλον παρὰ τοὺς ἐπιτηδείους ἀξιοῦντος διάγειν
ἑαυτὸν καὶ τὴν στρατιάν, ἦλθον ἐς Μελιτίαν τῆς
Ἀχαΐας Πάναιρός τε καὶ Δῶρος καὶ Ἱππολοχίδας
καὶ Τορύλαος καὶ Στρόφακος, πρόξενος ὢν Χαλκι-
δέων, τότε δὴ ἐπορεύετο. ἦγον δὲ καὶ ἄλλοι Θεσ-
10 σαλῶν αὐτὸν καὶ ἐκ Λαρίσσης Νικονίδας, Περδίκκᾳ
ἐπιτήδειος ὤν. τὴν γὰρ Θεσσαλίαν ἄλλως τε οὐκ
εὔπορον ἦν διιέναι ἄνευ ἀγωγοῦ καὶ μετὰ ὅπλων γε
δή, καὶ τοῖς πᾶσί γε ὁμοίως Ἕλλησιν ὕποπτον
καθειστήκει τὴν τῶν πέλας μὴ πείσαντας διιέναι,
15 τοῖς τε Ἀθηναίοις ἀεί ποτε τὸ πλῆθος τῶν Θεσσα-
λῶν εὔνουν ὑπῆρχεν. ὥστε εἰ μὴ δυναστείᾳ μᾶλ-
λον ἢ ἰσονομίᾳ ἐχρῶντο τὸ ἐγχώριον οἱ Θεσσαλοί,
οὐκ ἂν ποτε προῆλθεν, ἐπεὶ καὶ τότε πορευομένῳ
αὐτῷ ἀπαντήσαντες ἄλλοι τῶν τἀναντία τούτοις

20 βουλομένων ἐπὶ τῷ Ἐνιπεῖ ποταμῷ ἐκώλυον καὶ
ἀδικεῖν ἔφασαν ἄνευ τοῦ πάντων κοινοῦ πορευόμε-
νον. οἱ δὲ ἄγοντες οὔτε ἀκόντων ἔφασαν διάξειν,
αἰφνίδιόν τε παραγενόμενον ξένοι ὄντες κομίζειν.
ἔλεγε δὲ καὶ αὐτὸς ὁ Βρασίδας τῇ Θεσσαλῶν γῇ
25 καὶ αὐτοῖς φίλος ὢν ἰέναι, καὶ Ἀθηναίοις πολεμίοις
οὖσι καὶ οὐκ ἐκείνοις ὅπλα ἐπιφέρειν, Θεσσαλοῖς
τε οὐκ εἰδέναι καὶ Λακεδαιμονίοις ἔχθραν οὖσαν
ὥστε τῇ ἀλλήλων γῇ μὴ χρῆσθαι, νῦν δὲ ἀκόντων
ἐκείνων οὐκ ἂν προελθεῖν (οὐδὲ γὰρ ἂν δύνασθαι),
30 οὐ μέντοι ἀξιοῦν γε εἴργεσθαι. καὶ οἱ μὲν ἀκού-
σαντες ταῦτα ἀπῆλθον.   iv. 78.

70.

The state of affairs at Athens just before the revolution of
411 B.C.

Οἱ δ' ἀμφὶ τὸν Πείσανδρον παραπλέοντές τε,
ὥσπερ ἐδέδοκτο, τοὺς δήμους ἐν ταῖς πόλεσι κατέ-
λυον, καὶ ἅμα ἔστιν ἀφ' ὧν χωρίων καὶ ὁπλίτας
ἔχοντες σφίσιν αὐτοῖς ξυμμάχους ἧκον ἐς τὰς
5 Ἀθήνας. καὶ καταλαμβάνουσι τὰ πλεῖστα τοῖς
ἑταίροις προειργασμένα. καὶ γὰρ Ἀνδροκλέα τέ
τινα τοῦ δήμου μάλιστα προεστῶτα ξυστάντες
τινες τῶν νεωτέρων κρύφα ἀποκτείνουσιν, ὅσπερ

καὶ τὸν Ἀλκιβιάδην οὐχ ἥκιστα ἐξήλασε, καὶ αὐ-
10 τὸν κατ᾽ ἀμφότερα, τῆς τε δημαγωγίας ἕνεκα καὶ
οἰόμενοι τῷ Ἀλκιβιάδῃ ὡς κατιόντι καὶ τὸν Τισ-
σαφέρνην φίλον ποιήσοντι χαριεῖσθαι, μᾶλλόν τι
διέφθειραν· καὶ ἄλλους τινὰς ἀνεπιτηδείους τῷ
αὐτῷ τρόπῳ κρύφα ἀνήλωσαν· λόγος τε ἐκ τοῦ
15 φανεροῦ προσείργαστο αὐτοῖς ὡς οὔτε μισθοφο-
ρητέον εἴη ἄλλους ἢ τοὺς στρατευομένους, οὔτε
μεθεκτέον τῶν πραγμάτων πλείοσιν ἢ πεντακισχι-
λίοις, καὶ τούτοις οἳ ἂν μάλιστα τοῖς τε χρήμασι
καὶ τοῖς σώμασιν ὠφελεῖν οἷοί τε ὦσιν.
20 Ἦν δὲ τοῦτο εὐπρεπὲς πρὸς τοὺς πλείους, ἐπεὶ
ἕξειν γε τὴν πόλιν οἵπερ καὶ μεθίστασαν ἔμελλον.
δῆμος μέντοι ὅμως ἔτι καὶ βουλὴ ἡ ἀπὸ τοῦ κυά-
μου ξυνελέγετο· ἐβουλεύοντο δὲ οὐδὲν ὅ τι μὴ τοῖς
ξυνεστῶσι δοκοίη, ἀλλὰ καὶ οἱ λέγοντες ἐκ τούτων
25 ἦσαν καὶ τὰ ῥηθησόμενα πρότερον αὐτοῖς πρού-
σκεπτο. ἀντέλεγέ τε οὐδεὶς ἔτι τῶν ἄλλων, δεδιὼς
καὶ ὁρῶν πολὺ τὸ ξυνεστηκός· εἰ δέ τις καὶ ἀντεί-
ποι, εὐθὺς ἐκ τρόπου τινὸς ἐπιτηδείου ἐτεθνήκει, καὶ
τῶν δρασάντων οὔτε ζήτησις οὔτ᾽ εἰ ὑποπτεύοιντο
30 δικαίωσις ἐγίγνετο, ἀλλ᾽ ἡσυχίαν εἶχεν ὁ δῆμος
καὶ κατάπληξιν τοιαύτην ὥστε κέρδος ὁ μὴ πά-
σχων τι βίαιον, εἰ καὶ σιγῴη, ἐνόμιζεν.　viii. 65, 66.

71.

How the Trojans, led by Hector and Phoebus Apollo, who bore in his hands the aegis of Zeus, pressed forward against the Argives.

Τρῶες δὲ προύτυψαν ἀολλέες, ἦρχε δ' ἄρ' Ἕκτωρ
μακρὰ βιβάς· πρόσθεν δὲ κι' αὐτοῦ Φοῖβος Ἀπόλ-
λων
εἱμένος ὤμοιιν νεφέλην, ἔχε δ' αἰγίδα θοῦριν
δεινὴν ἀμφιδάσειαν ἀριπρεπέ', ἣν ἄρα χαλκεὺς
5 Ἥφαιστος Διὶ δῶκε φορήμεναι ἐς φόβον ἀνδρῶν·
τὴν ἄρ' ὅ γ' ἐν χείρεσσιν ἔχων ἡγήσατο λαῶν.
Ἀργεῖοι δ' ὑπέμειναν ἀολλέες, ὦρτο δ' αὐτὴ
ὀξεῖ' ἀμφοτέρωθεν, ἀπὸ νευρῆφι δ' ὀιστοὶ
θρῶσκον· πολλὰ δὲ δοῦρα θρασειάων ἀπὸ χειρῶν
10 ἄλλα μὲν ἐν χροῒ πήγνυτ' ἀρηιθόων αἰζηῶν,
πολλὰ δὲ καὶ μεσσηγύ, πάρος χρόα λευκὸν ἐπαυ-
ρεῖν,
ἐν γαίῃ ἵσταντο, λιλαιόμενα χροὸς ἆσαι.

ὄφρα μὲν αἰγίδα χερσὶν ἔχ᾽ ἀτρέμα Φοῖβος Ἀπόλ-
λων,
τόφρα μάλ᾽ ἀμφοτέρων βέλε᾽ ἥπτετο, πῖπτε δὲ
λαός.   ILIAD, xv. 306-319.

72.

How Achilles foully entreated the noble Hector, binding his
dead body to his chariot, and how Hector's parents and the
people wailed.

Ἦ ῥα καὶ Ἕκτορα δῖον ἀεικέα μήδετο ἔργα.
ἀμφοτέρων μετόπισθε ποδῶν τέτρηνε τένοντε
ἐς σφυρὸν ἐκ πτέρνης, βοέους δ᾽ ἐξῆπτεν ἱμάντας,
ἐκ δίφροιο δ᾽ ἔδησε, κάρη δ᾽ ἕλκεσθαι ἔασεν·
5 ἐς δίφρον δ᾽ ἀναβὰς ἀνά τε κλυτὰ τεύχε᾽ ἀείρας
μάστιξέν ῥ᾽ ἐλάαν, τὼ δ᾽ οὐκ ἀέκοντε πετέσθην.
τοῦ δ᾽ ἦν ἑλκομένοιο κονίσαλος, ἀμφὶ δὲ χαῖται
κυάνεαι πίτναντο, κάρη δ᾽ ἅπαν ἐν κονίῃσιν
κεῖτο πάρος χαρίεν· τότε δὲ Ζεὺς δυσμενέεσσιν
10 δῶκεν ἀεικίσσασθαι ἑῇ ἐν πατρίδι γαίῃ.
    ὣς τοῦ μὲν κεκόνιτο κάρη ἅπαν· ἡ δέ νυ μήτηρ
τίλλε κόμην, ἀπὸ δὲ λιπαρὴν ἔρριψε καλύπτρην
τηλόσε, κώκυσεν δὲ μάλα μέγα παῖδ᾽ ἐσιδοῦσα.
ᾤμωξεν δ᾽ ἐλεεινὰ πατὴρ φίλος, ἀμφὶ δὲ λαοὶ
15 κωκυτῷ τ᾽ εἴχοντο καὶ οἰμωγῇ κατὰ ἄστυ.
                                     ILIAD, xxii. 395-409.

73.

How Achilles made lament to Thetis for the death of his comrade Patroclus.

Τὴν δὲ βαρὺ στενάχων προσέφη πόδας ὠκὺς
Ἀχιλλεύς·
"μῆτερ ἐμή, τὰ μὲν ἄρ μοι Ὀλύμπιος ἐξετέλεσσεν·
ἀλλὰ τί μοι τῶν ἦδος, ἐπεὶ φίλος ὤλεθ᾽ ἑταῖρος
Πάτροκλος, τὸν ἐγὼ περὶ πάντων τῖον ἑταίρων,
5 ἶσον ἐμῇ κεφαλῇ· τὸν ἀπώλεσα, τεύχεα δ᾽ Ἕκτωρ
δῃώσας ἀπέδυσε πελώρια, θαῦμα ἰδέσθαι,
καλά· τὰ μὲν Πηλῆι θεοὶ δόσαν ἀγλαὰ δῶρα
ἤματι τῷ, ὅτε σε βροτοῦ ἀνέρος ἔμβαλον εὐνῇ.
αἴθ᾽ ὄφελες σὺ μὲν αὖθι μετ᾽ ἀθανάτῃς ἁλίῃσιν
10 ναίειν, Πηλεὺς δὲ θνητὴν ἀγαγέσθαι ἄκοιτιν.
νῦν δ᾽, ἵνα καὶ σοὶ πένθος ἐνὶ φρεσὶ μυρίον εἴη
παιδὸς ἀποφθιμένοιο, τὸν οὐχ ὑποδέξεαι αὖτις
οἴκαδε νοστήσαντ᾽, ἐπεὶ οὐδ᾽ ἐμὲ θυμὸς ἄνωγεν
ζώειν οὐδ᾽ ἄνδρεσσι μετέμμεναι, αἴ κε μὴ Ἕκτωρ
15 πρῶτος ἐμῷ ὑπὸ δουρὶ τυπεὶς ἀπὸ θυμὸν ὀλέσσῃ,
Πατρόκλοιο δ᾽ ἕλωρα Μενοιτιάδεω ἀποτίσῃ."

ILIAD, xviii. 78–93.

74.

How Diomedes and Odysseus pursued hard after Dolon, a spy of the Trojans.

Ὣς ἄρα φωνήσαντε παρὲξ ὁδοῦ ἐν νεκύεσσιν

κλινθήτην· ὁ δ᾽ ἄρ᾽ ὦκα παρέδραμεν ἀφραδίῃσιν.
ἀλλ᾽ ὅτε δή ῥ᾽ ἀπέην, ὅσσον τ᾽ ἐπὶ οὖρα πέλονται
ἡμιόνων, αἱ γάρ τε βοῶν προφερέστεραί εἰσιν
5 ἑλκέμεναι νειοῖο βαθείης πηκτὸν ἄροτρον,
τὼ μὲν ἐπεδραμέτην, ὁ δ᾽ ἄρ᾽ ἔστη δοῦπον ἀκούσας·
ἔλπετο γὰρ κατὰ θυμὸν ἀποστρέψοντας ἑταίρους
ἐκ Τρώων ἰέναι, πάλιν Ἕκτορος ὀτρύναντος.
ἀλλ᾽ ὅτε δή ῥ᾽ ἄπεσαν δουρηνεκὲς ἢ καὶ ἔλασσον,
10 γνῶ ῥ᾽ ἄνδρας δηίους, λαιψηρὰ δὲ γούνατ᾽ ἐνώμα
φευγέμεναι· τοὶ δ᾽ αἶψα διώκειν ὁρμήθησαν.
ὡς δ᾽ ὅτε καρχαρόδοντε δύω κύνε εἰδότε θήρης
ἢ κεμάδ᾽ ἠὲ λαγωὸν ἐπείγετον ἐμμενὲς αἰεὶ
χῶρον ἀν᾽ ὑλήενθ᾽, ὁ δέ τε προθέῃσι μεμηκώς,
15 ὣς τὸν Τυδείδης ἠδ᾽ ὁ πτολίπορθος Ὀδυσσεὺς
λαοῦ ἀποτμήξαντε διώκετον ἐμμενὲς αἰεί.

ILIAD, x. 349-364.

75.

How Penelope addressed Odysseus, who in the guise of a
beggar had foretold the speedy coming of her lord, and bade
her handmaids care for the stranger.

Τὸν δ᾽ αὖτε προσέειπε περίφρων Πηνελόπεια·
" αἲ γὰρ τοῦτο, ξεῖνε, ἔπος τετελεσμένον εἴη·
τῷ κε τάχα γνοίης φιλότητά τε πολλά τε δῶρα
ἐξ ἐμεῦ, ὡς ἄν τίς σε συναντόμενος μακαρίζοι.
5 ἀλλά μοι ὧδ᾽ ἀνὰ θυμὸν ὀίεται, ὡς ἔσεταί περ·

οὔτ' Ὀδυσεὺς ἔτι οἶκον ἐλεύσεται, οὔτε σὺ πομπῆς
τεύξῃ, ἐπεὶ οὐ τοῖοι σημάντορές εἰσ' ἐνὶ οἴκῳ,
οἷος Ὀδυσσεὺς ἔσκε μετ' ἀνδράσιν, εἴ ποτ' ἔην γε,
ξείνους αἰδοίους ἀποπεμπέμεν ἠδὲ δέχεσθαι..
10 ἀλλά μιν, ἀμφίπολοι, ἀπονίψατε, κάτθετε δ' εὐνήν,
δέμνια καὶ χλαίνας καὶ ῥήγεα σιγαλόεντα,
ὥς κ' εὖ θαλπιόων χρυσόθρονον Ἠῶ ἵκηται.
ἠῶθεν δὲ μάλ' ἦρι λοέσσαι τε χρῖσαί τε,
ὥς κ' ἔνδον παρὰ Τηλεμάχῳ δείπνοιο μέδηται
15 ἥμενος ἐν μεγάρῳ· τῷ δ' ἄλγιον, ὅς κεν ἐκείνων
τοῦτον ἀνιάζῃ θυμοφθόρος, οὐδέ τι ἔργον
ἐνθάδ' ἔτι πρήξει, μάλα περ κεχολωμένος αἰνῶς.

ODYSSEY, xix. 308–324.

76.

How, when Patroclus had been slain, Automedon exhorted
the Argives and slew Aretus.

Ὣς εἰπὼν Αἴαντε καλέσσατο καὶ Μενέλαον·
" Αἴαντ' Ἀργείων ἡγήτορε καὶ Μενέλαε,
ἦ τοι μὲν τὸν νεκρὸν ἐπιτράπεθ', οἵ περ ἄριστοι,
ἀμφ' αὐτῷ βεβάμεν καὶ ἀμύνεσθαι στίχας ἀνδρῶν,
5 νῶιν δὲ ζωοῖσιν ἀμύνετε νηλεὲς ἦμαρ·
τῇδε γὰρ ἔβρισαν πόλεμον κάτα δακρυόεντα
Ἕκτωρ Αἰνείας θ', οἳ Τρώων εἰσὶν ἄριστοι.
ἀλλ' ἦ τοι μὲν ταῦτα θεῶν ἐν γούνασι κεῖται·

ἤσω γὰρ καὶ ἐγώ, τὰ δέ κεν Διὶ πάντα μελήσει."
10 ἦ ῥα καὶ ἀμπεπαλὼν προΐει δολιχόσκιον ἔγχος,
καὶ βάλεν Ἀρήτοιο κατ' ἀσπίδα πάντοσ' ἐίσην·
ἡ δ' οὐκ ἔγχος ἔρυτο, διαπρὸ δὲ εἴσατο χαλκός,
νειαίρῃ δ' ἐν γαστρὶ διὰ ζωστῆρος ἔλασσεν.
ὡς δ' ὅτ' ἂν ὀξὺν ἔχων πέλεκυν αἰζήιος ἀνὴρ
15 κόψας ἐξόπιθεν κεράων βοὸς ἀγραύλοιο
ἵνα τάμῃ διὰ πᾶσαν, ὁ δὲ προθορὼν ἐρίπῃσιν,
ὣς ἄρ' ὅ γε προθορὼν πέσεν ὕπτιος· ἐν δέ οἱ ἔγχος
νηδυίοισι μάλ' ὀξὺ κραδαινόμενον λύε γυῖα.

ILIAD, xvii. 507–524.

77.

How Discord was glad to see the Danaans and Trojans fall in deadly conflict, but the other gods sat apart within their halls upon Olympus.

Ἔρις δ' ἄρ' ἔχαιρε πολύστονος εἰσορόωσα·
οἴη γάρ ῥα θεῶν παρετύγχανε μαρναμένοισιν,
οἱ δ' ἄλλοι οὔ σφιν πάρεσαν θεοί, ἀλλὰ ἔκηλοι
σφοῖσιν ἐνὶ μεγάροισι καθείατο, ἧχι ἑκάστῳ
5 δώματα καλὰ τέτυκτο κατὰ πτύχας Οὐλύμποιο.
πάντες δ' ᾐτιόωντο κελαινεφέα Κρονίωνα,
οὕνεκ' ἄρα Τρώεσσιν ἐβούλετο κῦδος ὀρέξαι.
τῶν μὲν ἄρ' οὐκ ἀλέγιζε πατήρ· ὁ δὲ νόσφι λια-
σθεὶς

τῶν ἄλλων ἀπάνευθε καθέζετο κύδεϊ γαίων,
10 εἰσορόων Τρώων τε πόλιν καὶ νῆας Ἀχαιῶν
χαλκοῦ τε στεροπήν, ὀλλύντας τ᾽ ὀλλυμένους τε.
ὄφρα μὲν ἠὼς ἦν καὶ ἀέξετο ἱερὸν ἦμαρ,
τόφρα μάλ᾽ ἀμφοτέρων βέλε᾽ ἥπτετο, πῖπτε δὲ
λαός·
ἦμος δὲ δρυτόμος περ ἀνὴρ ὡπλίσσατο δεῖπνον
15 οὔρεος ἐν βήσσῃσιν, ἐπεί τ᾽ ἐκορέσσατο χεῖρας
τάμνων δένδρεα μακρά, ἄδος τέ μιν ἵκετο θυμόν,
σίτου τε γλυκεροῖο περὶ φρένας ἵμερος αἱρεῖ,
τῆμος σφῇ ἀρετῇ Δαναοὶ ῥήξαντο φάλαγγας,
κεκλόμενοι ἑτάροισι κατὰ στίχας.

ILIAD, xi. 73-91.

78.

How Liodes, a soothsayer, first among the suitors essayed
the bow of Odysseus, and, failing to bend it, uttered dark fore-
bodings.

Λειώδης δὲ πρῶτος ἀνίστατο Οἴνοπος υἱός,
ὅ σφι θυοσκόος ἔσκε, παρὰ κρητῆρα δὲ καλὸν
ἷζε μυχοίτατος αἰεί· ἀτασθαλίαι δέ οἱ οἴῳ
ἐχθραὶ ἔσαν, πᾶσιν δὲ νεμέσσα μνηστήρεσσιν.
5 ὅς ῥα τότε πρῶτος τόξον λάβε καὶ βέλος ὠκύ.
στῆ δ᾽ ἄρ᾽ ἐπ᾽ οὐδὸν ἰὼν καὶ τόξου πειρήτιζεν,
οὐδέ μιν ἐντάνυσε· πρὶν γὰρ κάμε γεῖρας ἀνέλκων

ἀτρίπτους ἀπαλάς. μετὰ δὲ μνηστῆρσιν ἔειπεν·
" ὦ φίλοι, οὐ μὲν ἐγὼ τανύω, λαβέτω δὲ καὶ ἄλλος·
10 πολλοὺς γὰρ τόδε τόξον ἀριστῆας κεκαδήσει
θυμοῦ καὶ ψυχῆς, ἐπεὶ ἦ πολὺ φέρτερόν ἐστιν
τεθνάμεν ἢ ζώοντας ἁμαρτεῖν, οὗ θ' ἔνεκ' αἰεὶ
ἐνθάδ' ὁμιλέομεν, ποτιδέγμενοι ἤματα πάντα.
νῦν μέν τις καὶ ἔλπετ' ἐνὶ φρεσὶν ἠδὲ μενοινᾷ
15 γῆμαι Πηνελόπειαν, Ὀδυσσῆος παράκοιτιν·
αὐτὰρ ἐπὴν τόξου πειρήσεται ἠδὲ ἴδηται,
ἄλλην δή τιν' ἔπειτα Ἀχαιιάδων ἐυπέπλων
μνάσθω ἐέδνοισιν διζήμενος· ἡ δέ κ' ἔπειτα
γήμαιθ', ὅς κε πλεῖστα πόροι καὶ μόρσιμος ἔλθοι."
ODYSSEY, xxi. 144-162.

79.

How Achilles received the goodly arms wrought by He-
phaestus, and made ready to avenge Patroclus.

" Τέκνον ἐμόν, τοῦτον μὲν ἐάσομεν ἀχνύμενοί περ
κεῖσθαι, ἐπεὶ δὴ πρῶτα θεῶν ἰότητι δαμάσθη·
τύνη δ' Ἡφαίστοιο πάρα κλυτὰ τεύχεα δέξο
καλὰ μάλ', οἷ' οὔ πώ τις ἀνὴρ ὤμοισι φόρησεν."
5 ὣς ἄρα φωνήσασα θεὰ κατὰ τεύχε' ἔθηκεν
πρόσθεν Ἀχιλλῆος· τὰ δ' ἀνέβραχε δαίδαλα πάντα.
Μυρμιδόνας δ' ἄρα πάντας ἕλε τρόμος, οὐδέ τις
ἔτλη

ἄντην εἰσιδέειν, ἀλλ' ἔτρεσαν. αὐτὰρ Ἀχιλλεὺς
ὡς εἶδ', ὥς μιν μᾶλλον ἔδυ χόλος, ἐν δέ οἱ ὄσσε
10 δεινὸν ὑπὸ βλεφάρων ὡς εἰ σέλας ἐξεφάανθεν·
τέρπετο δ' ἐν χείρεσσιν ἔχων θεοῦ ἀγλαὰ δῶρα.
αὐτὰρ ἐπεὶ φρεσὶν ᾗσι τετάρπετο δαίδαλα λεύσσων,
αὐτίκα μητέρα ἣν ἔπεα πτερόεντα προσηύδα·
" μῆτερ ἐμή, τὰ μὲν ὅπλα θεὸς πόρεν, οἷ' ἐπιεικὲς
15 ἔργ' ἔμεν ἀθανάτων, μηδὲ βροτὸν ἄνδρα τελέσσαι·
νῦν δ' ἦ τοι μὲν ἐγὼ θωρήξομαι· ἀλλὰ μάλ' αἰνῶς
δείδω, μή μοι τόφρα Μενοιτίου ἄλκιμον υἱὸν
μυῖαι καδδῦσαι κατὰ χαλκοτύπους ὠτειλὰς
εὐλὰς ἐγγείνωνται, ἀεικίσσωσι δὲ νεκρόν—
20 ἐκ δ' αἰὼν πέφαται—κατὰ δὲ χρόα πάντα σαπήῃ."
ILIAD, xix. 8-27.

80.

How Odysseus, in the guise of a stranger, was worthily
attended in his own halls.

Τηλέμαχος δ' εὐνῆθεν ἀνίστατο, ἰσόθεος φώς,
εἵματα ἐσσάμενος· περὶ δὲ ξίφος ὀξὺ θέτ' ὤμῳ,
ποσσὶ δ' ὑπὸ λιπαροῖσιν ἐδήσατο καλὰ πέδιλα,
εἵλετο δ' ἄλκιμον ἔγχος, ἀκαχμένον ὀξέι χαλκῷ.
5 στῆ δ' ἄρ' ἐπ' οὐδὸν ἰών, πρὸς δ' Εὐρύκλειαν ἔειπεν·
" μαῖα φίλη, τὸν ξεῖνον ἐτιμήσασθ' ἐνὶ οἴκῳ
εὐνῇ καὶ σίτῳ, ἦ αὔτως κεῖται ἀκηδής;

τοιαύτη γὰρ ἐμὴ μήτηρ πινυτή περ ἐοῦσα·
ἐμπλήγδην ἕτερόν γε τίει μερόπων ἀνθρώπων
10 χείρονα, τὸν δέ τ' ἀρείον' ἀτιμήσασ' ἀποπέμπει."
    τὸν δ' αὖτε προσέειπε περίφρων Εὐρύκλεια·
"οὐκ ἄν μιν νῦν, τέκνον, ἀναίτιον αἰτιόῳο.
οἶνον μὲν γὰρ ἔπινε καθήμενος, ὄφρ' ἔθελ' αὐτός,
σίτου δ' οὐκέτ' ἔφη πεινήμεναι· εἴρετο γάρ μιν.
15 ἀλλ' ὅτε δὴ κοίτοιο καὶ ὕπνου μιμνήσκοιτο,
ἡ μὲν δέμνι' ἄνωγεν ὑποστορέσαι δμωῇσιν,
αὐτὰρ ὅ γ' ὥς τις πάμπαν ὀιζυρὸς καὶ ἄποτμος
οὐκ ἔθελ' ἐν λέκτροισι καὶ ἐν ῥήγεσσι καθεύδειν,
ἀλλ' ἐν ἀδεψήτῳ βοέῃ καὶ κώεσιν οἰῶν
20 ἔδραθ' ἐνὶ προδόμῳ· χλαῖναν δ' ἐπιέσσαμεν ἡμεῖς."

ODYSSEY, xx. 124-143.

EURIPIDES.

81.

The Nurse to Phaedra: "Love is everywhere; from it all things spring, and none may withstand its resistless power."

ΤΡΟΦΟΣ.

Φοιτᾷ δ' ἀν' αἰθέρ', ἔστι δ' ἐν θαλασσίῳ
κλύδωνι Κύπρις, πάντα δ' ἐκ ταύτης ἔφυ·
ἥδ' ἐστὶν ἡ σπείρουσα καὶ διδοῦσ' ἔρον,
οὗ πάντες ἐσμὲν οἱ κατὰ χθόν' ἔκγονοι.
5 ὅσοι μὲν οὖν γραφάς τε τῶν παλαιτέρων
ἔχουσιν αὐτοί τ' εἰσὶν ἐν μούσαις ἀεί,
ἴσασι μὲν Ζεὺς ὥς ποτ' ἠράσθη γάμων
Σεμέλης, ἴσασι δ' ὡς ἀνήρπασέν ποτε
ἡ καλλιφεγγὴς Κέφαλον εἰς θεοὺς Ἕως
10 ἔρωτος οὕνεκ'· ἀλλ' ὅμως ἐν οὐρανῷ
ναίουσι κοὐ φεύγουσιν ἐκποδὼν θεούς,
στέργουσι δ', οἶμαι, συμφορᾷ νικώμενοι.

HIPPOLYTUS, 447-458.

82.

Theseus announces that he has come with an armed force to the assistance of Heracles. He is startled when he sees the dead bodies of Heracles's wife and children.

ΘΗΣΕΥΣ.

Ἥκω σὺν ἄλλοις οἳ παρ' Ἀσωποῦ ῥοὰς
μένουσιν ἔνοπλοι γῆς Ἀθηναίων κόροι,
σῷ παιδί, πρέσβυ, σύμμαχον φέρων δόρυ.
κληδὼν γὰρ ἦλθεν εἰς Ἐρεχθειδῶν πόλιν
5 ὡς σκῆπτρα χώρας τῆσδ' ἀναρπάσας Λύκος
εἰς πόλεμον ὑμῖν καὶ μάχην καθίσταται.
τίνων δ' ἀμοιβὰς ὧν ὑπῆρξεν Ἡρακλῆς
σώσας με νέρθεν, ἦλθον, εἴ τι δεῖ, γέρον,
ἢ χειρὸς ὑμᾶς τῆς ἐμῆς ἢ συμμάχων,
10 ἔα· τί νεκρῶν τῶνδε πληθύει πέδον;
οὔ που λέλειμμαι καὶ νεωτέρων κακῶν
ὕστερος ἀφῖγμαι; τίς τάδ' ἔκτεινεν τέκνα;
τίνος γεγῶσαν τήνδ' ὁρῶ συνάορον;
οὐ γὰρ δορός γε παῖδες ἵστανται πέλας,
15 ἀλλ' ἄλλο τοί που καινὸν εὑρίσκω κακόν.

HERCULES FURENS, 1163–1177.

83.

Tiresias had declared that Menoeceus, Creon's son, must be sacrificed over the dragon's den in order to secure the safety of Thebes. Menoeceus devotes himself to death.

ΜΕΝΟΙΚΕΥΣ.

Αἰσχρὸν γάρ · οἱ μὲν θεσφάτων ἐλεύθεροι
κοὐκ εἰς ἀνάγκην δαιμόνων ἀφιγμένοι
στάντες παρ' ἀσπίδ' οὐκ ὀκνήσουσιν θανεῖν,
πύργων πάροιθε μαχόμενοι πάτρας ὕπερ,
5 ἐγὼ δὲ πατέρα καὶ κασίγνητον προδοὺς
πόλιν τ' ἐμαυτοῦ δειλὸς ὡς ἔξω χθονὸς
ἄπειμ' · ὅπου δ' ἂν ζῶ, κακὸς φανήσομαι.
μὰ τὸν μετ' ἄστρων Ζῆν' Ἄρη τε φοίνιον,
ὃς τοὺς ὑπερτείλαντας ἐκ γαίας ποτὲ
10 σπαρτοὺς ἄνακτας τῆσδε γῆς ἱδρύσατο.
ἀλλ' εἶμι καὶ στὰς ἐξ ἐπάλξεων ἄκρων
σφάξας ἐμαυτὸν σηκὸν εἰς μελαμβαθῆ
δράκοντος, ἔνθ' ὁ μάντις ἐξηγήσατο,
ἐλευθερώσω γαῖαν · εἴρηται λόγος.
15 στείχω δέ, θανάτου δῶρον οὐκ αἰσχρὸν πόλει
δώσων, νόσου δὲ τήνδ' ἀπαλλάξω χθόνα.

PHOENISSAE, 999-1014.

84.

Orestes relates how, having slain his mother, he was pursued by the Furies and came to Athens to be tried before the court of the Areopagus. The citizens would not hold converse with him, regarding him as one polluted.

ΟΡΕΣΤΗΣ.

Λέγοιμ' ἄν· ἀρχαὶ δ' αἴδε μοι πολλῶν πόνων.
ἐπεὶ τὰ μητρὸς ταῦθ' ἃ σιγῶμεν κακὰ
εἰς χεῖρας ἦλθε, μεταδρομαῖς Ἐρινύων
ἠλαυνόμεσθα φυγάδες, ἔστ' ἐμὸν πόδα
5 εἰς τὰς Ἀθήνας δῆτ' ἔπεμψε Λοξίας,
δίκην παρασχεῖν ταῖς ἀνωνύμοις θεαῖς.
ἔστιν γὰρ ὁσία ψῆφος, ἣν Ἄρει ποτὲ
Ζεὺς εἶσατ' ἔκ του δὴ χερῶν μιάσματος.
ἐλθὼν δ' ἐκεῖσε, πρῶτα μέν μ' οὐδεὶς ξένων
10 ἑκὼν ἐδέξαθ', ὡς θεοῖς στυγούμενον·
οἳ δ' ἔσχον αἰδῶ, ξένια μονοτράπεζά μοι
παρέσχον, οἴκων ὄντες ἐν ταὐτῷ στέγει,
σιγῇ δ' ἐτεκτήναντ' ἀπόφθεγκτόν μ', ὅπως
δαιτὸς γενοίμην πώματός τ' αὐτοῦ δίχα,
15 εἰς δ' ἄγγος ἴδιον ἴσον ἅπασι βακχίου
μέτρημα πληρώσαντες εἶχον ἡδονήν.

IPHIGENIA TAURICA, 939-954.

85.

Electra tells Orestes, whom she does not recognize, of the hardships of her present lot.

ΧΟΡΟΣ.

Κἀγὼ τὸν αὐτὸν τῷδ᾽ ἔρον ψυχῆς ἔχω.
πρόσω γὰρ ἄστεως οὖσα τὰν πόλει κακὰ
οὐκ οἶδα, νῦν δὲ βούλομαι κἀγὼ μαθεῖν.

ΗΛΕΚΤΡΑ.

λέγοιμ᾽ ἄν, εἰ χρή· χρὴ δὲ πρὸς φίλον λέγειν
5 τύχας βαρείας τὰς ἐμὰς κἀμοῦ πατρός.
ἐπεὶ δὲ κινεῖς μῦθον, ἱκετεύω, ξένε,
ἄγγελλ᾽ Ὀρέστῃ τἀμὰ καὶ κείνου κακά,
πρῶτον μὲν οἵοις ἐν πέπλοις στολίζομαι,
πίνῳ θ᾽ ὅσῳ βέβριθ᾽, ὑπὸ στέγαισί τε
10 οἵαισι ναίω βασιλικῶν ἐκ δωμάτων,
αὐτὴ μὲν ἐκμοχθοῦσα κερκίσιν πέπλους,
ἢ γυμνὸν ἔξω σῶμα καὶ στερήσομαι,
αὐτὴ δὲ πηγὰς ποταμίους φορουμένη.
ἀναίνομαι δὲ γυμνὰς οὖσα παρθένους,
15 ἀνίορτος ἱερῶν καὶ χορῶν τητωμένη,
ἀναίνομαι δὲ Κάστορ᾽, ᾧ πρὶν εἰς θεοὺς
ἐλθεῖν ἔμ᾽ ἐμνήστευον, οὖσαν ἐγγενῆ.

ELECTRA, 297-313.

86.

Iocasta warns Eteocles, who has refused his brother a share in the government of Thebes, to beware of ambition and to respect the law of equal rights.

ΙΟΚΑΣΤΗ.

Τί τῆς κακίστης δαιμόνων ἐφίεσαι
φιλοτιμίας, παῖ ; μὴ σύ γ᾽ · ἄδικος ἡ θεός ·
πολλοὺς δ᾽ ἐς οἴκους καὶ πόλεις εὐδαίμονας
εἰσῆλθε κἀξῆλθ᾽ ἐπ᾽ ὀλέθρῳ τῶν χρωμένων ·
5 ἐφ᾽ ᾗ σὺ μαίνει.   κεῖνο κάλλιον, τέκνον,
ἰσότητα τιμᾶν, ἣ φίλους ἀεὶ φίλοις
πόλεις τε πόλεσι συμμάχους τε συμμάχοις
συνδεῖ · τὸ γὰρ ἴσον νόμιμον ἀνθρώποις ἔφυ,
τῷ πλέονι δ᾽ ἀεὶ πολέμιον καθίσταται
10 τοὔλασσον ἐχθρᾶς θ᾽ ἡμέρας κατάρχεται.
καὶ γὰρ μέτρ᾽ ἀνθρώποισι καὶ μέρη σταθμῶν
ἰσότης ἔταξε κἀριθμὸν διώρισε,
νυκτός τ᾽ ἀφεγγὲς βλέφαρον ἡλίου τε φῶς
ἴσον βαδίζει τὸν ἐνιαύσιον κύκλον,
15 κοὐδέτερον αὐτῶν φθόνον ἔχει νικώμενον.
εἶθ᾽ ἥλιος μὲν νύξ τε δουλεύει βροτοῖς,
σὺ δ᾽ οὐκ ἀνέξει δωμάτων ἔχων ἴσον
καὶ τῷδ᾽ ἀπονέμειν ; κᾆτα ποῦ ᾽στιν ἡ δίκη ;

PHOENISSAE, 531–548.

87.

Teucer, on coming to Egypt, tells Helen, whom he does not
recognize, why he has been exiled from Salamis.

ΤΕΥΚΡΟΣ.

Ὄνομα μὲν ἡμῖν Τεῦκρος, ὁ δὲ φύσας πατὴρ
Τελαμών, Σαλαμὶς δὲ πατρὶς ἡ θρέψασά με.

ΕΛΕΝΗ.

τί δῆτα Νείλου τούσδ' ἐπιστρέφει γύας;

ΤΕΥΚΡΟΣ.

φυγὰς πατρῴας ἐξελήλαμαι χθονός.

ΕΛΕΝΗ.

5 τλήμων ἂν εἴης· τίς δέ σ' ἐκβάλλει πάτρας;

ΤΕΥΚΡΟΣ.

Τελαμὼν ὁ φύσας. τίν' ἂν ἔχοις μᾶλλον φίλον;

ΕΛΕΝΗ.

ἐκ τοῦ; τὸ γάρ τοι πρᾶγμα συμφορὰν ἔχει.

ΤΕΥΚΡΟΣ.

Αἴας μ' ἀδελφὸς ὤλεσ' ἐν Τροίᾳ θανών.

ΕΛΕΝΗ.

πῶς; οὔ τί που σῷ φασγάνῳ βίον στερείς;

ΤΕΥΚΡΟΣ.

10 οἰκεῖον αὐτὸν ὤλεσ' ἅλμ' ἐπὶ ξίφος.

ΕΛΕΝΗ.

μανέντ'; ἐπεὶ τίς σωφρονῶν τλαίη τάδ' ἄν;

ΤΕΥΚΡΟΣ.

τὸν Πηλέως τιν' οἶσθ' Ἀχιλλέα γόνον;

ΕΛΕΝΗ.

μνηστήρ ποθ' Ἑλένης ἦλθεν, ὡς ἀκούομεν.

ΤΕΥΚΡΟΣ.

θανὼν ὅδ' ὅπλων ἔριν ἔθηκε συμμάχοις.

ΕΛΕΝΗ.

15 καὶ δὴ τί τοῦτ' Αἴαντι γίγνεται κακόν;

ΤΕΥΚΡΟΣ.

ἄλλου λαβόντος ὅπλ' ἀπηλλάχθη βίου.

ΕΛΕΝΗ.

σὺ τοῖς ἐκείνου δῆτα πήμασιν νοσεῖς;

ΤΕΥΚΡΟΣ.

ὀθούνεκ' αὐτῷ γ' οὐ ξυνωλόμην ὁμοῦ.

HELENA, 87-104.

88.

Iphigenia, priestess of the temple of Artemis in the Tauric Chersonese, where the rite of human sacrifice is practised, orders two strangers who have just been captured to be brought to the altar.

ΙΦΙΓΕΝΕΙΑ.

Εἶεν. σὺ μὲν κόμιζε τοὺς ξένους μολών,
τὰ δ' ἐνθάδ' ἡμεῖς οἷα φροντιούμεθα.
ὦ καρδία τάλαινα, πρὶν μὲν εἰς ξένους
γαληνὸς ἦσθα καὶ φιλοικτίρμων ἀεί,
5 εἰς θοὐμόφυλον ἀναμετρουμένη δάκρυ,
Ἕλληνας ἄνδρας ἡνίκ' εἰς χέρας λάβοις.
νῦν δ' ἐξ ὀνείρων οἷσιν ἠγριώμεθα,
δοκοῦσ' Ὀρέστην μηκέθ' ἥλιον βλέπειν,
δύσνουν με λήψεσθ', οἵτινές ποθ' ἥκετε.
10 καὶ τοῦτ' ἄρ' ἦν ἀληθές· ᾐσθόμην, φίλαι·
οἱ δυστυχεῖς γὰρ τοῖσιν εὐτυχεστέροις
αὐτοὶ κακῶς πράξαντες οὐ φρονοῦσιν εὖ.
ἀλλ' οὔτε πνεῦμα Διόθεν ἦλθε πώποτε,
οὐ πορθμίς, ἥτις διὰ πέτρας Συμπληγάδας
15 Ἑλένην ἀπήγαγ' ἐνθάδ', ἥ μ' ἀπώλεσε,
Μενέλεών θ', ἵν' αὐτοὺς ἀντετιμωρησάμην,
τὴν ἐνθάδ' Αὖλιν ἀντιθεῖσα τῆς ἐκεῖ,
οὗ μ' ὥστε μόσχον Δαναΐδαι χειρούμενοι
ἔσφαζον, ἱερεὺς δ' ἦν ὁ γεννήσας πατήρ.

Iphigenia Taurica, 342–360.

89.

Odysseus plans to take vengeance on the Cyclops by thrusting a red-hot stake into his eye as he lies in a drunken sleep.

ΟΔΥΣΣΕΥΣ.

Ἄκουε δή νυν ἣ ἔχω τιμωρίαν
θηρὸς πανούργου σῆς τε δουλείας φυγήν.

ΧΟΡΟΣ.

λέγ', ὡς Ἀσιάδος οὐκ ἂν ἥδιον ψόφον
κιθάρας κλύοιμεν ἢ Κύκλωπ' ὀλωλότα.

ΟΔΥΣΣΕΥΣ.

5 ἐπὶ κῶμον ἕρπειν πρὸς κασιγνήτους θέλει
Κύκλωπας ἡσθεὶς τῷδε Βακχίου ποτῷ.

ΧΟΡΟΣ.

ξυνῆκ', ἔρημον ξυλλαβὼν δρυμοῖσί νιν
σφάξαι μενοινᾷς ἢ πετρῶν ὦσαι κάτα.

ΟΔΥΣΣΕΥΣ.

οὐδὲν τοιοῦτον· δόλιος ἡ 'πιθυμία.

ΧΟΡΟΣ.

10 πῶς δαί; σοφόν τοί σ' ὄντ' ἀκούομεν πάλαι.

ΟΔΥΣΣΕΥΣ.

κώμου μὲν αὐτὸν τοῦδ' ἀπαλλάξαι, λέγων

ὡς οὐ Κύκλωψι πῶμα χρὴ δοῦναι τόδε,
μόνον δ᾽ ἔχοντα βίοτον ἡδέως ἄγειν.
ὅταν δ᾽ ὑπνώσσῃ Βακχίου νικώμενος,
15 ἀκρεμὼν ἐλαίας ἔστιν ἐν δόμοισί τις,
ὃν φασγάνῳ τῷδ᾽ ἐξαποξύνας ἄκρον,
εἰς πῦρ καθήσω· κᾆθ᾽, ὅταν κεκαυμένον
ἴδω νιν, ἄρας θερμὸν εἰς μέσην βαλὼν
Κύκλωπος ὄψιν ὄμματ᾽ ἐκτήξω πυρί.
20 ναυπηγίαν δ᾽ ὡσεί τις ἁρμόζων ἀνὴρ
διπλοῖν χαλινοῖν τρύπανον κωπηλατεῖ,
οὕτω κυκλώσω δαλὸν ἐν φαεσφόρῳ
Κύκλωπος ὄψει καὶ συναυανῶ κόρας.

CYCLOPS, 441-463.

90.

Iphigenia's recognition of Orestes.

ΟΡΕΣΤΗΣ.

ᾺΑ δ᾽ εἶδον αὐτός, τάδε φράσω τεκμήρια·
Πέλοπος παλαιὰν ἐν δόμοις λόγχην πατρός,
ἣν χερσὶ πάλλων παρθένον Πισάτιδα
ἐκτήσαθ᾽ Ἱπποδάμειαν, Οἰνόμαον κτανών,
5 ἐν παρθενῶσι τοῖσι σοῖς κεκρυμμένην.

ΙΦΙΓΕΝΕΙΑ.

ὦ φίλτατ᾽, οὐδὲν ἄλλο, φίλτατος γὰρ εἶ,

ἔχω σ', Ὀρέστα, τηλύγετον
χθονὸς ἀπὸ πατρίδος
Ἀργόθεν, ὦ φίλος.

ΟΡΕΣΤΗΣ.

10 κἀγώ σε τὴν θανοῦσαν, ὡς δοξάζεται.
κατὰ δὲ δάκρυα, κατὰ δὲ γόος ἅμα χαρᾷ
τὸ σὸν νοτίζει βλέφαρον, ὡσαύτως δ' ἐμόν.

ΙΦΙΓΕΝΕΙΑ.

τότ' ἔτι βρέφος ἔλιπον ἔλιπον ἀγκάλαις
σὲ νεαρὸν τροφοῦ νεαρὸν ἐν δόμοις.
15 ὦ κρεῖσσον ἢ λόγοισιν εὐτυχοῦσά μου
ψυχά, θαυμάτων πέρα καὶ λόγου
πρόσω τάδ' ἐπέβα.

ΟΡΕΣΤΗΣ.

τὸ λοιπὸν εὐτυχοῖμεν ἀλλήλων μέτα.

ΙΦΙΓΕΝΕΙΑ.

ἄτοπον ἡδονὰν ἔλαβον, ὦ φίλαι·
20 δέδοικα δ' ἐκ χερῶν με μὴ πρὸς αἰθέρα
ἀμπτάμενος φύγῃ·
ὦ Κυκλωπίδες ἑστίαι, ὦ πατρίς,
Μυκήνα φίλα,
χάριν ἔχω ζόας, χάριν ἔχω τροφᾶς,
25 ὅτι μοι συνομαίμονα
τόνδε δόμοισιν ἐξεθρέψω φάος.

IPHIGENIA TAURICA, 822–849.

SOPHOCLES.

91.

Chrysothemis tells her sister Electra the joyful news that Orestes has returned.

ΧΡΥΣΟΘΕΜΙΣ.

Πάρεστ᾽ Ὀρέστης ἡμίν, ἴσθι τοῦτ᾽ ἐμοῦ
κλύουσ᾽, ἐναργῶς, ὥσπερ εἰσορᾷς ἐμέ.

ΗΛΕΚΤΡΑ.

ἀλλ᾽ ἦ μέμηνας, ὦ τάλαινα, κἀπὶ τοῖς
σαυτῆς κακοῖσι κἀπὶ τοῖς ἐμοῖς γελᾷς;

ΧΡΥΣΟΘΕΜΙΣ.

5 μὰ τὴν πατρῴαν ἑστίαν, ἀλλ᾽ οὐχ ὕβρει
λέγω τάδ᾽, ἀλλ᾽ ἐκεῖνον ὡς παρόντα νῷν.

ΗΛΕΚΤΡΑ.

οἴμοι τάλαινα· καὶ τίνος βροτῶν λόγον
τόνδ᾽ εἰσακούσασ᾽ ὧδε πιστεύεις ἄγαν;

ΧΡΥΣΟΘΕΜΙΣ.

ἐγὼ μὲν ἐξ ἐμοῦ τε κοὐκ ἄλλου σαφῆ
10 σημεῖ᾽ ἰδοῦσα τῷδε πιστεύω λόγῳ.

ELECTRA, 877–886.

92.

The last words of Ajax before he falls upon his sword.

ΑΙΑΣ.

Ὦ Θάνατε, Θάνατε, νῦν μ᾽ ἐπίσκεψαι μολών·
καίτοι σὲ μὲν κἀκεῖ προσαυδήσω ξυνών.
σὲ δ᾽, ὦ φαεννῆς ἡμέρας τὸ νῦν σέλας,
καὶ τὸν διφρευτὴν Ἥλιον προσεννέπω
5 πανύστατον δὴ κοὔποτ᾽ αὖθις ὕστερον.
ὦ φέγγος, ὦ γῆς ἱερὸν οἰκείας πέδον
Σαλαμῖνος, ὦ πατρῷον ἑστίας βάθρον,
κλειναί τ᾽ Ἀθῆναι, καὶ τὸ σύντροφον γένος,
κρῆναί τε ποταμοί θ᾽ οἵδε, καὶ τὰ Τρωϊκὰ
10 πεδία προσαυδῶ, χαίρετ᾽, ὦ τροφῆς ἐμοί·
τοῦθ᾽ ὑμὶν Αἴας τοὖπος ὕστατον θροεῖ·
τὰ δ᾽ ἄλλ᾽ ἐν Ἅιδου τοῖς κάτω μυθήσομαι.

Ajax, 854–865.

93.

Oedipus curses his son Polynices.

ΟΙΔΙΠΟΥΣ.

Σὺ δ᾽ ἔρρ᾽ ἀπόπτυστός τε κἀπάτωρ ἐμοῦ,
κακῶν κάκιστε, τάσδε συλλαβὼν ἀράς,
ἃς σοι καλοῦμαι, μήτε γῆς ἐμφυλίου
δόρει κρατῆσαι μήτε νοστῆσαί ποτε
5 τὸ κοῖλον Ἄργος, ἀλλὰ συγγενεῖ χερὶ

θανεῖν κτανεῖν θ' ὑφ' οὗπερ ἐξελήλασαι.
τοιαῦτ' ἀρῶμαι, καὶ καλῶ τὸ Ταρτάρου
στυγνὸν πατρῷον ἔρεβος, ὥς σ' ἀποικίσῃ,
καλῶ δὲ τάσδε δαίμονας, καλῶ δ' Ἄρη
10 τὸν σφῷν τὸ δεινὸν μῖσος ἐμβεβληκότα.
καὶ ταῦτ' ἀκούσας στεῖχε, κἀξάγγελλ' ἰὼν
καὶ πᾶσι Καδμείοισι τοῖς σαυτοῦ θ' ἅμα
πιστοῖσι συμμάχοισιν, οὕνεκ' Οἰδίπους
τοιαῦτ' ἔνειμε παισὶ τοῖς αὑτοῦ γέρα.

OEDIPUS COLONEUS, 1383–1396.

94.

Chrysothemis finds at the grave of Agamemnon a lock of hair freshly severed, which suggests to her the familiar image of her brother.

ΧΡΥΣΟΘΕΜΙΣ.

Καὶ δὴ λέγω σοι πᾶν ὅσον κατειδόμην.
ἐπεὶ γὰρ ἦλθον πατρὸς ἀρχαῖον τάφον,
ὁρῶ κολώνης ἐξ ἄκρας νεορρύτους
πηγὰς γάλακτος καὶ περιστεφῆ κύκλῳ
5 πάντων ὅσ' ἔστιν ἀνθέων θήκην πατρός.
ἰδοῦσα δ' ἔσχον θαῦμα, καὶ περισκοπῶ
μή πού τις ἡμῖν ἐγγὺς ἐγχρίμπτῃ βροτῶν.
ὡς δ' ἐν γαλήνῃ πάντ' ἐδερκόμην τόπον,
τύμβου προσεῖρπον ἆσσον· ἐσχάτης δ' ὁρῶ
10 πυρᾶς νεωρῆ βόστρυχον τετμημένον·

κεὐθὺς τάλαιν' ὡς εἶδον, ἐμπαίει τί μοι
ψυχῇ σύνηθες ὄμμα, φιλτάτου βροτῶν
πάντων 'Ορέστου τοῦθ' ὁρᾶν τεκμήριον·
καὶ χερσὶ βαστάσασα δυσφημῶ μὲν οὔ,
15 χαρᾷ δὲ πίμπλημ' εὐθὺς ὄμμα δακρύων.

ELECTRA, 892-906.

95.

With a cry of despair Iocasta rushes within the palace.
Oedipus is sternly resolved to learn at any cost the secret of
his birth.

ΙΟΚΑΣΤΗ.

'Ιοὺ ἰού, δύστηνε· τοῦτο γάρ σ' ἔχω
μόνον προσειπεῖν, ἄλλο δ' οὔποθ' ὕστερον.

ΧΟΡΟΣ.

τί ποτε βέβηκεν, Οἰδίπους, ὑπ' ἀγρίας
ᾄξασα λύπης ἡ γυνή ; δέδοιχ' ὅπως
5 μὴ 'κ τῆς σιωπῆς τῆσδ' ἀναρρήξει κακά.

ΟΙΔΙΠΟΥΣ.

ὁποῖα χρῄζει ῥηγνύτω· τοὐμὸν δ' ἐγώ,
κεἰ σμικρόν ἐστι, σπέρμ' ἰδεῖν βουλήσομαι.
αὕτη δ' ἴσως, φρονεῖ γὰρ ὡς γυνὴ μέγα,
τὴν δυσγένειαν τὴν ἐμὴν αἰσχύνεται.
10 ἐγὼ δ' ἐμαυτὸν παῖδα τῆς Τύχης νέμων

τῆς εὖ διδούσης οὐκ ἀτιμασθήσομαι.
τῆς γὰρ πέφυκα μητρός· οἱ δὲ συγγενεῖς
μῆνές με μικρὸν καὶ μέγαν διώρισαν.
τοιόσδε δ᾽ ἐκφὺς οὐκ ἂν ἐξέλθοιμ᾽ ἔτι
15 ποτ᾽ ἄλλος, ὥστε μὴ ᾽κμαθεῖν τοὐμὸν γένος.

OEDIPUS TYRANNUS, 1071-1085.

96.

Ajax, still possessed by his madness, boasts to Athena that
he has slain the Atridae and taken Odysseus captive.

AΙΑΣ.

῏Ω χαῖρ᾽ ᾽Αθάνα, χαῖρε Διογενὲς τέκνον,
ὡς εὖ παρέστης· καί σε παγχρύσοις ἐγὼ
στέψω λαφύροις τῆσδε τῆς ἄγρας χάριν.

AΘΗΝΑ.

καλῶς ἔλεξας. ἀλλ᾽ ἐκεῖνό μοι φράσον,
5 ἔβαψας ἔγχος εὖ πρὸς ᾽Αργείων στρατῷ;

AΙΑΣ.

κόμπος πάρεστι κοὐκ ἀπαρνοῦμαι τὸ μή.

AΘΗΝΑ.

ἦ καὶ πρὸς ᾽Ατρείδαισιν ἤχμασας χέρα;

AΙΑΣ.

ὥστ᾽ οὔποτ᾽ Αἴανθ᾽ οἵδ᾽ ἀτιμάσουσ᾽ ἔτι.

ΑΘΗΝΑ.

τεθνᾶσιν ἄνδρες, ὡς τὸ σὸν ξυνῆκ' ἐγώ.

ΑΙΑΣ.

10 θανόντες ἤδη τἄμ' ἀφαιρείσθων ὅπλα.

ΑΘΗΝΑ.

εἶεν, τί γὰρ δὴ παῖς ὁ τοῦ Λαερτίου,
ποῦ σοι τύχης ἔστηκεν ; ἦ πέφευγέ σε ;

ΑΙΑΣ.

ἦ τοὐπίτριπτον κίναδος ἐξήρου μ' ὅπου ;

ΑΘΗΝΑ.

ἔγωγ' · Ὀδυσσέα τὸν σὸν ἐνστάτην λέγω.

ΑΙΑΣ.

15 ἤδιστος, ὦ δέσποινα, δεσμώτης ἔσω
θακεῖ· θανεῖν γὰρ αὐτὸν οὔ τί πω θέλω.

AJAX, 91-106.

97.

Tiresias, in words of awful import, prophesies to Oedipus his doom.

ΤΕΙΡΕΣΙΑΣ.

Εἰπὼν ἄπειμ' ὧν οὕνεκ' ἦλθον, οὐ τὸ σὸν
δείσας πρόσωπον· οὐ γὰρ ἔσθ' ὅπου μ' ὀλεῖς.
λέγω δέ σοι· τὸν ἄνδρα τοῦτον, ὃν πάλαι

ζητεῖς ἀπειλῶν κἀνακηρύσσων φόνον
5 τὸν Λάιειον, οὗτός ἐστιν ἐνθάδε,
ξένος λόγῳ μέτοικος, εἶτα δ' ἐγγενὴς
φανήσεται Θηβαῖος, οὐδ' ἡσθήσεται
τῇ ξυμφορᾷ· τυφλὸς γὰρ ἐκ δεδορκότος
καὶ πτωχὸς ἀντὶ πλουσίου ξένην ἔπι
10 σκήπτρῳ προδεικνὺς γαῖαν ἐμπορεύσεται.
φανήσεται δὲ παισὶ τοῖς αὑτοῦ ξυνὼν
ἀδελφὸς αὐτὸς καὶ πατήρ, κἀξ ἧς ἔφυ
γυναικὸς υἱὸς καὶ πόσις, καὶ τοῦ πατρὸς
ὁμόσπορός τε καὶ φονεύς. καὶ ταῦτ' ἰὼν
15 εἴσω λογίζου· κἂν λάβῃς ἐψευσμένον,
φάσκειν ἔμ' ἤδη μαντικῇ μηδὲν φρονεῖν.

OEDIPUS TYRANNUS, 447-462.

98.

Creon implores his son to come forth from the vaulted tomb where lies the dead body of Antigone. Haemon first turns upon his father, and then slays himself.

ΑΓΓΕΛΟΣ.

Ὁ δ' ὡς ὁρᾷ σφε, στυγνὸν οἰμώξας ἔσω
χωρεῖ πρὸς αὐτὸν κἀνακωκύσας καλεῖ.
ὦ τλῆμον, οἷον ἔργον εἴργασαι· τίνα
νοῦν ἔσχες ; ἐν τῷ συμφορᾶς διεφθάρης ;
5 ἔξελθε, τέκνον, ἱκέσιός σε λίσσομαι.

τὸν δ᾽ ἀγρίοις ὄσσοισι παπτήνας ὁ παῖς,
πτύσας προσώπῳ κοὐδὲν ἀντειπών, ξίφους
ἕλκει διπλοῦς κνώδοντας· ἐκ δ᾽ ὁρμωμένου
πατρὸς φυγαῖσιν ἤμπλακ᾽· εἶθ᾽ ὁ δύσμορος
10 αὑτῷ χολωθείς, ὥσπερ εἶχ᾽, ἐπενταθεὶς
ἤρεισε πλευραῖς μέσσον ἔγχος· ἐς δ᾽ ὑγρὸν
ἀγκῶν᾽ ἔτ᾽ ἔμφρων παρθένῳ προσπτύσσεται·
καὶ φυσιῶν ὀξεῖαν ἐκβάλλει ῥοὴν
λευκῇ παρειᾷ φοινίου σταλάγματος.
15 κεῖται δὲ νεκρὸς περὶ νεκρῷ, τὰ νυμφικὰ
τέλη λαχὼν δείλαιος ἐν γ᾽ Ἅιδου δόμοις,
δείξας ἐν ἀνθρώποισι τὴν ἀβουλίαν,
ὅσῳ μέγιστον ἀνδρὶ πρόσκειται κακόν.

ANTIGONE, 1226–1243.

99.

Oedipus may remain where he is, or come with Theseus, as
he will. If he remains, he need have no fear of his foes. The
elders of Colonus will protect him.

ΘΗΣΕΥΣ.

Εἰ δ᾽ ἐνθάδ᾽ ἡδὺ τῷ ξένῳ μίμνειν, σέ νιν
τάξω φυλάσσειν· εἰ δ᾽ ἐμοῦ στείχειν μέτα
τόδ᾽ ἡδύ, τούτων, Οἰδίπους, δίδωμί σοι
κρίναντι χρῆσθαι· τῇδε γὰρ ξυνοίσομαι.

ΟΙΔΙΠΟΥΣ.

5 ὦ Ζεῦ, διδοίης τοῖσι τοιούτοισιν εὖ.

ΘΗΣΕΥΣ.

τί δῆτα χρῄζεις ; ἢ δόμους στείχειν ἐμούς ;

ΟΙΔΙΠΟΥΣ.

εἴ μοι θέμις γ᾽ ἦν.   ἀλλ᾽ ὁ χῶρός ἐσθ᾽ ὅδε —

ΘΗΣΕΥΣ.

ἐν ᾧ τί πράξεις ; οὐ γὰρ ἀντιστήσομαι.

ΟΙΔΙΠΟΥΣ.

ἐν ᾧ κρατήσω τῶν ἔμ᾽ ἐκβεβληκότων.

ΘΗΣΕΥΣ.

10 μέγ᾽ ἂν λέγοις δώρημα τῆς συνουσίας.

ΟΙΔΙΠΟΥΣ.

εἰ σοί γ᾽ ἅπερ φῂς ἐμμενεῖ τελοῦντί μοι.

ΘΗΣΕΥΣ.

θάρσει τὸ τοῦδέ γ᾽ ἀνδρός· οὔ σε μὴ προδῶ.

ΟΙΔΙΠΟΥΣ.

οὔτοι σ᾽ ὑφ᾽ ὅρκου γ᾽ ὡς κακὸν πιστώσομαι.

ΘΗΣΕΥΣ.

οὔκουν πέρα γ᾽ ἂν οὐδὲν ἢ λόγῳ φέροις.

ΟΙΔΙΠΟΥΣ.

15 πῶς οὖν ποιήσεις ;

ΘΗΣΕΥΣ.

τοῦ μάλιστ᾽ ὄκνος σ᾽ ἔχει ;

ΟΙΔΙΠΟΥΣ.

ἥξουσιν ἄνδρες —

ΘΗΣΕΥΣ.

ἀλλὰ τοῖσδ᾽ ἔσται μέλον.

ΟΙΔΙΠΟΥΣ.

ὅρα με λείπων —

ΘΗΣΕΥΣ.

μὴ δίδασχ᾽ ἃ χρή με δρᾶν.

ΟΙΔΙΠΟΥΣ.

ὀκνοῦντ᾽ ἀνάγκη —

ΘΗΣΕΥΣ.

τοὐμὸν οὐκ ὀκνεῖ κέαρ.

OEDIPUS COLONEUS, 638–655.

100.

Clytemnestra meets her death within the palace, at the hands of Orestes.

ΚΛΥΤΑΙΜΝΗΣΤΡΑ.

Αἰαῖ.
ἰὼ στέγαι
φίλων ἔρημοι, τῶν δ᾽ ἀπολλύντων πλέαι.

ΗΛΕΚΤΡΑ.

βοᾷ τις ἔνδον. οὐκ ἀκούετ᾽, ὦ φίλαι ;

ΟΡΟΣ.

5 ἤκουσ᾽ ἀνήκουστα δύστανος, ὥστε φρῖξαι.

ΚΛΥΤΑΙΜΝΗΣΤΡΑ.

οἴμοι τάλαιν᾽. Αἴγισθε, ποῦ ποτ᾽ ὢν κυρεῖς ;

ΗΛΕΚΤΡΑ.

ἰδοὺ μάλ᾽ αὖ θροεῖ τις.

ΚΛΥΤΑΙΜΝΗΣΤΡΑ.

ὦ τέκνον τέκνον,
οἴκτειρε τὴν τεκοῦσαν.

ΗΛΕΚΤΡΑ.

ἀλλ᾽ οὐκ ἐκ σέθεν
ᾠκτείρεθ᾽ οὗτος οὐδ᾽ ὁ γεννήσας πατήρ.

ΧΟΡΟΣ.

10 ὦ πόλις, ὦ γενεὰ τάλαινα, νῦν σε
μοῖρα καθαμερία φθίνει φθίνει.

ΚΛΥΤΑΙΜΝΗΣΤΡΑ.

ὤμοι πέπληγμαι.

ΗΛΕΚΤΡΑ.

παῖσον, εἰ σθένεις, διπλῆν.

ΚΛΥΤΑΙΜΝΗΣΤΡΑ.

ὤμοι μάλ' αὖθις.

ΗΛΕΚΤΡΑ.

εἰ γὰρ Αἰγίσθῳ γ' ὁμοῦ.

ΧΟΡΟΣ.

τελοῦσ' ἀραί· ζῶσιν οἱ γᾶς ὑπαὶ κείμενοι.
15 παλίρρυτον γὰρ αἷμ' ὑπεξαιροῦσι τῶν κτανόντων
οἱ πάλαι θανόντες.

ELECTRA, 1404-1421.

101.

Oedipus recounts, with rising passion, the main events of
his ill-starred life.

ΟΙΔΙΠΟΥΣ.

Ἰὼ Κιθαιρών, τί μ' ἐδέχου; τί μ' οὐ λαβὼν
ἔκτεινας εὐθύς, ὡς ἔδειξα μήποτε
ἐμαυτὸν ἀνθρώποισιν ἔνθεν ἦ γεγώς;
ὦ Πόλυβε καὶ Κόρινθε καὶ τὰ πάτρια
5 λόγῳ παλαιὰ δώμαθ', οἷον ἆρά με
κάλλος κακῶν ὕπουλον ἐξεθρέψατε.
νῦν γὰρ κακός τ' ὢν κἀκ κακῶν εὑρίσκομαι.
ὦ τρεῖς κέλευθοι καὶ κεκρυμμένη νάπη
δρυμός τε καὶ στενωπὸς ἐν τριπλαῖς ὁδοῖς,
10 αἳ τοὐμὸν αἷμα τῶν ἐμῶν χειρῶν ἄπο

ἐπίετε πατρός, ἆρά μου μέμνησθε τι,
οἷ᾽ ἔργα δράσας ὑμῖν εἶτα δεῦρ᾽ ἰὼν
ὁποῖ᾽ ἔπρασσον αὖθις ; ὦ γάμοι γάμοι,
ἐφύσαθ᾽ ἡμᾶς, καὶ φυτεύσαντες πάλιν
15 ἀνεῖτε ταὐτὸν σπέρμα, κἀπεδείξατε
πατέρας, ἀδελφούς, παῖδας, αἷμ᾽ ἐμφύλιον,
νύμφας γυναῖκας μητέρας τε, χὠπόσα
αἴσχιστ᾽ ἐν ἀνθρώποισιν ἔργα γίγνεται.

OEDIPUS TYRANNUS, 1391-1408.

102.

Neoptolemus, clambering among the rocks, describes the cave of Philoctetes.

ΝΕΟΠΤΟΛΕΜΟΣ.

Ἄναξ Ὀδυσσεῦ, τοὔργον οὐ μακρὰν λέγεις.
δοκῶ γὰρ οἷον εἶπας ἄντρον εἰσορᾶν.

ΟΔΥΣΣΕΥΣ.

ἄνωθεν, ἢ κάτωθεν ; οὐ γὰρ ἐννοῶ.

ΝΕΟΠΤΟΛΕΜΟΣ.

τόδ᾽ ἐξύπερθε, καὶ στίβου γ᾽ οὐδεὶς κτύπος.

ΟΔΥΣΣΕΥΣ.

5 ὅρα καθ᾽ ὕπνον μὴ καταυλισθεὶς κυρῇ.

ΝΕΟΠΤΟΛΕΜΟΣ.

ὁρῶ κενὴν οἴκησιν ἀνθρώπων δίχα.

ΟΔΥΣΣΕΥΣ.

οὐδ' ἔνδον οἰκοποιός ἐστί τις τροφή ;

ΝΕΟΠΤΟΛΕΜΟΣ.

στιπτή γε φυλλὰς ὡς ἐναυλίζοντί τῳ.

ΟΔΥΣΣΕΥΣ.

τὰ δ' ἄλλ' ἔρημα, κοὐδέν ἐσθ' ὑπόστεγον ;

ΝΕΟΠΤΟΛΕΜΟΣ.

10 αὐτόξυλόν γ' ἔκπωμα, φλαυρουργοῦ τινος
τεχνήματ' ἀνδρός, καὶ πυρεῖ ὁμοῦ τάδε.

ΟΔΥΣΣΕΥΣ.

κείνου τὸ θησαύρισμα σημαίνεις τόδε.

ΝΕΟΠΤΟΛΕΜΟΣ.

ἰοὺ ἰού· καὶ ταῦτά γ' ἄλλα θάλπεται
ῥάκη, βαρείας του νοσηλείας πλέα.

ΟΔΥΣΣΕΥΣ.

15 ἀνὴρ κατοικεῖ τούσδε τοὺς τόπους σαφῶς,
κἄστ' οὐχ ἑκάς που. πῶς γὰρ ἂν νοσῶν ἀνὴρ
κῶλον παλαιᾷ κηρὶ προσβαίη μακράν ;
ἀλλ' ἢ 'πὶ φορβῆς νόστον ἐξελήλυθεν,
ἢ φύλλον εἴ τι νώδυνον κάτοιδέ που.

PHILOCTETES, 26-44.

103.

"Remember, Antigone, the evil fate of our family. We two are left alone, and are but women, and must yield to the authority of Creon."

ΙΣΜΗΝΗ.

Οἴμοι· φρόνησον, ὦ κασιγνήτη, πατὴρ
ὡς νῷν ἀπεχθὴς δυσκλεής τ᾽ ἀπώλετο,
πρὸς αὐτοφώρων ἀμπλακημάτων διπλᾶς
ὄψεις ἀράξας αὐτὸς αὐτουργῷ χερί·
5 ἔπειτα μήτηρ καὶ γυνή, διπλοῦν ἔπος,
πλεκταῖσιν ἀρτάναισι λωβᾶται βίον·
τρίτον δ᾽ ἀδελφὼ δύο μίαν καθ᾽ ἡμέραν
αὐτοκτονοῦντε, τὼ ταλαιπώρω, μόρον
κοινὸν κατειργάσαντ᾽ ἐπ᾽ ἀλλήλοιν χεροῖν.
10 νῦν δ᾽ αὖ μόνα δὴ νὼ λελειμμένα σκόπει
ὅσῳ κάκιστ᾽ ὀλούμεθ᾽, εἰ νόμου βίᾳ
ψῆφον τυράννων ἢ κράτη παρέξιμεν.
ἀλλ᾽ ἐννοεῖν χρὴ τοῦτο μέν, γυναῖχ᾽ ὅτι
ἔφυμεν, ὡς πρὸς ἄνδρας οὐ μαχουμένα·
15 ἔπειτα δ᾽ οὕνεκ᾽ ἀρχόμεσθ᾽ ἐκ κρεισσόνων,
καὶ ταῦτ᾽ ἀκούειν κἄτι τῶνδ᾽ ἀλγίονα.
ἐγὼ μὲν οὖν αἰτοῦσα τοὺς ὑπὸ χθονὸς
ξύγγνοιαν ἴσχειν, ὡς βιάζομαι τάδε,
τοῖς ἐν τέλει βεβῶσι πείσομαι· τὸ γὰρ
20 περισσὰ πράσσειν οὐκ ἔχει νοῦν οὐδένα.

ANTIGONE, 49–68

104.

Deianira despatches the poisoned shirt to Heracles, strictly enjoining him to be the first to wear it on some day of sacrifice; and she sends him a seal as a token.

ΔΗΙΑΝΕΙΡΑ.

Ἀλλ' αὐτὰ δή σοι ταῦτα καὶ πράσσω, Λίχα,
ἕως σὺ ταῖς ἔσωθεν ἠγορῶ ξέναις,
ὅπως φέρῃς μοι τόνδε γ' εὐυφῆ πέπλον,
δώρημ' ἐκείνῳ τἀνδρὶ τῆς ἐμῆς χερός.
5 διδοὺς δὲ τόνδε φράζ' ὅπως μηδεὶς βροτῶν
κείνου πάροιθεν ἀμφιδύσεται χροΐ,
μηδ' ὄψεταί νιν μήτε φέγγος ἡλίου
μήθ' ἕρκος ἱερὸν μήτ' ἐφέστιον σέλας,
πρὶν κεῖνος αὐτὸν φανερὸν ἐμφανὴς σταθεὶς
10 δείξῃ θεοῖσιν ἡμέρᾳ ταυροσφάγῳ.
οὕτω γὰρ ηὔγμην, εἴ ποτ' αὐτὸν ἐς δόμους
ἴδοιμι σωθέντ' ἢ κλύοιμι, πανδίκως
στελεῖν χιτῶνι τῷδε, καὶ φανεῖν θεοῖς
θυτῆρα καινῷ καινὸν ἐν πεπλώματι.
15 καὶ τῶνδ' ἀποίσεις σῆμ', ὃ κεῖνος εὐμαθὲς
σφραγῖδος ἕρκει τῷδ' ἐπ' ὄμμα θήσεται.
ἀλλ' ἕρπε, καὶ φύλασσε πρῶτα μὲν νόμον,
τὸ μὴ 'πιθυμεῖν πομπὸς ὢν περισσὰ δρᾶν·
ἔπειθ' ὅπως ἂν ἡ χάρις κείνου τέ σοι
20 κἀμοῦ ξυνελθοῦσ' ἐξ ἁπλῆς διπλῆ φανῇ.

TRACHINIAE, 600–619.

105.

Creon's proclamation, forbidding the burial of Polynices, was powerless to induce Antigone to transgress the eternal laws of God. Death she can face; but to have neglected a sacred duty would have brought her sorrow.

ΑΝΤΙΓΟΝΗ.

Οὐ γάρ τί μοι Ζεὺς ἦν ὁ κηρύξας τάδε,
οὐδ' ἡ ξύνοικος τῶν κάτω θεῶν Δίκη
τοιούσδ' ἐν ἀνθρώποισιν ὥρισεν νόμους·
οὐδὲ σθένειν τοσοῦτον ᾠόμην τὰ σὰ
5 κηρύγμαθ' ὥστ' ἄγραπτα κἀσφαλῆ θεῶν
νόμιμα δύνασθαι θνητὸν ὄνθ' ὑπερδραμεῖν.
οὐ γάρ τι νῦν γε κἀχθές, ἀλλ' ἀεί ποτε
ζῇ ταῦτα, κοὐδεὶς οἶδεν ἐξ ὅτου 'φάνη.
τούτων ἐγὼ οὐκ ἔμελλον, ἀνδρὸς οὐδενὸς
10 φρόνημα δείσασ', ἐν θεοῖσι τὴν δίκην
δώσειν· θανουμένη γὰρ ἐξῄδη· τί δ' οὔ;
κεἰ μὴ σὺ προὐκήρυξας. εἰ δὲ τοῦ χρόνου
πρόσθεν θανοῦμαι, κέρδος αὖτ' ἐγὼ λέγω.
ὅστις γὰρ ἐν πολλοῖσιν ὡς ἐγὼ κακοῖς
15 ζῇ, πῶς ὅδ' οὐχὶ κατθανὼν κέρδος φέρει;
οὕτως ἔμοιγε τοῦδε τοῦ μόρου τυχεῖν
παρ' οὐδὲν ἄλγος· ἀλλ' ἄν, εἰ τὸν ἐξ ἐμῆς
μητρὸς θανόντ' ἄθαπτον ἐσχόμην νέκυν,
κείνοις ἂν ἤλγουν· τοῖσδε δ' οὐκ ἀλγύνομαι.

20 σοὶ δ' εἰ δοκῶ νῦν μῶρα δρῶσα τυγχάνειν,
σχεδόν τι μώρῳ μωρίαν ὀφλισκάνω.

ANTIGONE, 450–470.

106.

Tecmessa's account of the madness of Ajax.

ΤΕΚΜΗΣΣΑ.

Ἅπαν μαθήσει τοὔργον, ὡς κοινωνὸς ὤν.
κεῖνος γὰρ ἄκρας νυκτός, ἡνίχ' ἕσπεροι
λαμπτῆρες οὐκέτ' ᾖθον, ἄμφηκες λαβὼν .
ἐμαίετ' ἔγχος ἐξόδους ἕρπειν κενάς.
5 κἀγὼ 'πιπλήσσω καὶ λέγω, τί χρῆμα δρᾷς,
Αἴας; τί τήνδ' ἄκλητος οὔθ' ὑπ' ἀγγέλων
κληθεὶς ἀφορμᾷς πεῖραν οὔτε του κλύων
σάλπιγγος; ἀλλὰ νῦν γε πᾶς εὕδει στρατός.
ὁ δ' εἶπε πρός με βαί', ἀεὶ δ' ὑμνούμενα·
10 γύναι, γυναιξὶ κόσμον ἡ σιγὴ φέρει.
κἀγὼ μαθοῦσ' ἔληξ', ὁ δ' ἐσσύθη μόνος.
καὶ τὰς ἐκεῖ μὲν οὐκ ἔχω λέγειν πάθας·
ἔσω δ' ἐσῆλθε συνδέτους ἄγων ὁμοῦ
ταύρους, κύνας βοτῆρας, εὐκερῶν τ' ἄγραν.
15 καὶ τοὺς μὲν ηὐχένιζε, τοὺς δ' ἄνω τρέπων
ἔσφαζε κἀρράχιζε, τοὺς δὲ δεσμίους
ᾐκίζεθ' ὥστε φῶτας ἐν ποίμναις πίτνων.
τέλος δ' ὑπᾴξας διὰ θυρῶν σκιᾷ τινὶ

λόγους ἀνέσπα τοὺς μὲν Ἀτρειδῶν κάτα,
20 τοὺς δ' ἀμφ' Ὀδυσσεῖ, συντιθεὶς γέλων πολύν,
ὅσην κατ' αὐτῶν ὕβριν ἐκτίσαιτ' ἰών.

AJAX, 284–304.

107.

Heracles, in pain from the poison of the Centaur, lays his commands on his son Hyllus.

ΗΡΑΚΛΗΣ.

Σὺ δ' οὖν ἄκουε τοὔργον· ἐξήκεις δ' ἵνα
φανεῖς ὁποῖος ὢν ἀνὴρ ἐμὸς καλεῖ.
ἐμοὶ γὰρ ἦν πρόφαντον ἐκ πατρὸς πάλαι,
πρὸς τῶν πνεόντων μηδενὸς θανεῖν ὕπο,
5 ἀλλ' ὅστις Ἅιδου φθίμενος οἰκήτωρ πέλοι.
ὅδ' οὖν ὁ θὴρ Κένταυρος, ὡς τὸ θεῖον ἦν
πρόφαντον, οὕτω ζῶντά μ' ἔκτεινεν θανών.
φανῶ δ' ἐγὼ τούτοισι συμβαίνοντ' ἴσα
μαντεῖα καινά, τοῖς πάλαι ξυνήγορα,
10 ἃ τῶν ὀρείων καὶ χαμαικοιτῶν ἐγὼ
Σελλῶν ἐσελθὼν ἄλσος εἰσεγραψάμην
πρὸς τῆς πατρῴας καὶ πολυγλώσσου δρυός,
ἥ μοι χρόνῳ τῷ ζῶντι καὶ παρόντι νῦν
ἔφασκε μόχθων τῶν ἐφεστώτων ἐμοὶ
15 λύσιν τελεῖσθαι· κἀδόκουν πράξειν καλῶς.
τὸ δ' ἦν ἄρ' οὐδὲν ἄλλο πλὴν θανεῖν ἐμέ.

τοῖς γὰρ θανοῦσι μόχθος οὐ προσγίγνεται.
ταῦτ᾽ οὖν ἐπειδὴ λαμπρὰ συμβαίνει, τέκνον,
δεῖ σ᾽ αὖ γενέσθαι τῷδε τἀνδρὶ σύμμαχον,
20 καὶ μὴ ᾽πιμεῖναι τοὐμὸν ὀξῦναι στόμα,
ἀλλ᾽ αὐτὸν εἰκαθόντα συμπράσσειν, νόμον
κάλλιστον ἐξευρόντα, πειθαρχεῖν πατρί.

TRACHINIAE, 1157-1178.

108.

Neoptolemus, as well as Philoctetes, has cause for hating
the Atridae.

ΧΟΡΟΣ.

Ἔοικα κἀγὼ τοῖς ἀφιγμένοις ἴσα
ξένοις ἐποικτείρειν σε, Ποίαντος τέκνον.

ΝΕΟΠΤΟΛΕΜΟΣ.

ἐγὼ δὲ καὐτὸς τοῖσδε μάρτυς ἐν λόγοις,
ὡς εἴσ᾽ ἀληθεῖς οἶδα, συντυχὼν κακῶν
5 ἀνδρῶν Ἀτρειδῶν τῆς τ᾽ Ὀδυσσέως βίας.

ΦΙΛΟΚΤΗΤΗΣ.

ἦ γάρ τι καὶ σὺ τοῖς πανωλέθροις ἔχεις
ἔγκλημ᾽ Ἀτρείδαις, ὥστε θυμοῦσθαι παθών;

ΝΕΟΠΤΟΛΕΜΟΣ.

θυμὸν γένοιτο χειρὶ πληρῶσαί ποτε,

ἵν' αἱ Μυκῆναι γνοῖεν ἡ Σπάρτη θ' ὅτι
10 χἠ Σκῦρος ἀνδρῶν ἀλκίμων μήτηρ ἔφυ.

ΦΙΛΟΚΤΗΤΗΣ.

εὖ γ', ὦ τέκνον· τίνος γὰρ ὧδε τὸν μέγαν
χόλον κατ' αὐτῶν ἐγκαλῶν ἐλήλυθας;

ΝΕΟΠΤΟΛΕΜΟΣ.

ὦ παῖ Ποίαντος, ἐξερῶ, μόλις δ' ἐρῶ,
ἄγωγ' ὑπ' αὐτῶν ἐξελωβήθην μολών.
15 ἐπεὶ γὰρ ἔσχε μοῖρ' Ἀχιλλέα θανεῖν —

ΦΙΛΟΚΤΗΤΗΣ.

οἴμοι· φράσῃς μοι μὴ πέρα, πρὶν ἂν μάθω
πρῶτον τόδ'· ἦ τέθνηχ' ὁ Πηλέως γόνος;

ΝΕΟΠΤΟΛΕΜΟΣ.

τέθνηκεν, ἀνδρὸς οὐδενός, θεοῦ δ' ὕπο,
τοξευτός, ὡς λέγουσιν, ἐκ Φοίβου δαμείς.

ΦΙΛΟΚΤΗΤΗΣ.

20 ἀλλ' εὐγενὴς μὲν ὁ κτανών τε χὠ θανών.
ἀμηχανῶ δὲ πότερον, ὦ τέκνον, τὸ σὸν
πάθημ' ἐλέγχω πρῶτον, ἢ κεῖνον στένω.

PHILOCTETES, 317-338.

109.

Deianira, in jealous fear of the captive Iole, will employ the
love-charm once given her by the dying Centaur Hessus.

ΔΗΙΑΝΕΙΡΑ.

Ταῦτ᾽ οὖν φοβοῦμαι, μὴ πόσις μὲν Ἡρακλῆς
ἐμὸς καλεῖται, τῆς νεωτέρας δ᾽ ἀνήρ.
ἀλλ᾽ οὐ γάρ, ὥσπερ εἶπον, ὀργαίνειν καλὸν
γυναῖκα νοῦν ἔχουσαν· ᾗ δ᾽ ἔχω, φίλαι,
5 λυτήριον λύπημα, τῇδ᾽ ὑμῖν φράσω.
ἦν μοι παλαιὸν δῶρον ἀρχαίου ποτὲ
θηρός, λέβητι χαλκέῳ κεκρυμμένον,
ὃ παῖς ἔτ᾽ οὖσα τοῦ δασυστέρνου παρὰ
Νέσσου φθίνοντος ἐκ φόνων ἀνειλόμην,
10 ὃς τὸν βαθύρρουν ποταμὸν Εὔηνον βροτοὺς
μισθοῦ 'πόρευε χερσίν, οὔτε πομπίμοις
κώπαις ἐρέσσων οὔτε λαίφεσιν νεώς.
ὃς κἀμέ, τὸν πατρῷον ἡνίκα στόλον
ξὺν Ἡρακλεῖ τὸ πρῶτον εὖνις ἑσπόμην,
15 φέρων ἐπ᾽ ὤμοις, ἡνίκ᾽ ἦν μέσῳ πόρῳ,
ψαύει ματαίαις χερσίν· ἐκ δ᾽ ἤυσ᾽ ἐγώ,
χὠ Ζηνὸς εὐθὺς παῖς ἐπιστρέψας χεροῖν
ἧκεν κομήτην ἰόν· ἐς δὲ πλεύμονας
στέρνων διερροίζησεν. ἐκθνήσκων δ᾽ ὁ θὴρ
20 τοσοῦτον εἶπε, παῖ γέροντος Οἰνέως,

τοσόνδ' ὀνήσει τῶν ἐμῶν, ἐὰν πίθῃ,
πορθμῶν, ὁθούνεχ' ὑστάτην σ' ἔπεμψ' ἐγώ.

TRACHINIAE, 550-571.

110.

To desire length of days is folly; for a long life has sorrow in store, and Death comes to all alike. Not to be born is best; the next best is soon to depart. For when youth is past, troubles come thick and fast, and last of all old age, with which all woes abide.

ΧΟΡΟΣ.

Ὅστις τοῦ πλέονος μέρους χρῄζει τοῦ μετρίου
    παρεὶς
ζώειν, σκαιοσύναν φυλάσσων ἐν ἐμοὶ κατάδηλος
    ἔσται.
ἐπεὶ πολλὰ μὲν αἱ μακραὶ ἀμέραι κατέθεντο δὴ
λύπας ἐγγυτέρω, τὰ τέρποντα δ' οὐκ ἂν ἴδοις ὅπου,
5   ὅταν τις ἐς πλέον πέσῃ
τοῦ δέοντος· ὁ δ' ἐπίκουρος
ἰσοτέλεστος, Ἀΐδος ὅτε Μοῖρ' ἀνυμέναιος
ἄλυρος ἄχορος ἀναπέφηνε,
θάνατος ἐς τελευτάν.

10 μὴ φῦναι τὸν ἅπαντα νικᾷ λόγον· τὸ δ', ἐπεὶ φανῇ,
βῆναι κεῖθεν ὅθεν περ ἥκει πολὺ δεύτερον ὡς τά-
    χιστα.

ὡς εὖτ' ἂν τὸ νέον παρῇ κούφας ἀφροσύνας φέρον,
τίς πλαγὰ πολύμοχθος ἔξω, τίς οὐ καμάτων ἔνι ;
φθόνος, στάσεις, ἔρις, μάχαι
15 καὶ φόνοι· τό τε κατάμεμπτον
ἐπιλέλογχε πύματον ἀκρατὲς ἀπροσόμιλον
γῆρας ἄφιλον, ἵνα πρόπαντα
κακὰ κακῶν ξυνοικεῖ.

OEDIPUS COLONEUS, 1211-1238.

ARISTOPHANES.

III.

Trygaeus reveals to Hermes a terrible plot against the gods:
the Sun and Moon are betraying Greece to the barbarians!

ΤΡΥΓΑΙΟΣ.

Καί σοι φράσω τι πρᾶγμα δεινὸν καὶ μέγα,
ὃ τοῖς θεοῖς ἅπασιν ἐπιβουλεύεται.

ΕΡΜΗΣ.

ἴθι δὴ κάτειπ'· ἴσως γὰρ ἀναπείσεις ἐμέ.

ΤΡΥΓΑΙΟΣ.

ἡ γὰρ σελήνη χὠ πανοῦργος ἥλιος
5 ὑμῖν ἐπιβουλεύοντε πολὺν ἤδη χρόνον
τοῖς βαρβάροισι προδίδοτον τὴν Ἑλλάδα.

ΕΡΜΗΣ.

ἵνα δὴ τί τοῦτο δρᾶτον;

ΤΡΥΓΑΙΟΣ.

ὁτιὴ νὴ Δία
ἡμεῖς μὲν ὑμῖν θύομεν, τούτοισι δὲ

οἱ βάρβαροι θύουσι.   διὰ τοῦτ᾽ εἰκότως
10 βούλοιντ᾽ ἂν ἡμᾶς πάντας ἐξολωλέναι,
ἵνα τὰς τελετὰς αὐτοὶ λάβοιεν τῶν θεῶν.

PEACE, 403-413.

112.

"Our Poet would plead his cause with you. His enemies
say that he is ill-affected to the state; but in fact he deserves
your commendation, because he has taught you to be on your
guard against the arts of the flatterers."

ΧΟΡΟΣ.

Ἐξ οὗ γε χοροῖσιν ἐφέστηκεν τρυγικοῖς ὁ διδά-
σκαλος ἡμῶν,
οὔπω παρέβη πρὸς τὸ θέατρον λέξων ὡς δεξιός
ἐστιν·
διαβαλλόμενος δ᾽ ὑπὸ τῶν ἐχθρῶν ἐν ᾽Αθηναίοις
ταχυβούλοις,
ὡς κωμῳδεῖ τὴν πόλιν ἡμῶν καὶ τὸν δῆμον καθυ-
βρίζει,
5 ἀποκρίνεσθαι δεῖται νυνὶ πρὸς ᾽Αθηναίους μετα-
βούλους.
φησὶν δ᾽ εἶναι πολλῶν ἀγαθῶν αἴτιος ὑμῖν ὁ
ποιητής,
παύσας ὑμᾶς ξενικοῖσι λόγοις μὴ λίαν ἐξαπατᾶ-
σθαι,

μήθ᾽ ἥδεσθαι θωπευομένους, μήτ᾽ εἶναι χαυνοπο-
      λίτας.
πρότερον δ᾽ ὑμᾶς ἀπὸ τῶν πόλεων οἱ πρέσβεις
      ἐξαπατῶντες
10 πρῶτον μὲν ἰοστεφάνους ἐκάλουν· κἀπειδὴ τοῦτό
      τις εἴποι.
εὐθὺς διὰ τοὺς στεφάνους ἐπ᾽ ἄκρων τῶν πυγιδίων
      ἐκάθησθε.
εἰ δέ τις ὑμᾶς ὑποθωπεύσας λιπαρὰς καλέσειεν
      Ἀθήνας,
ηὕρετο πᾶν ἂν διὰ τὰς λιπαράς, ἀφύων τιμὴν
      περιάψας.

ACHARNIANS, 628–640.

113.

Euripides brings his father-in-law, Mnesilochus, by a weary
road, to the home of the effeminate poet Agathon.

ΜΝΗΣΙΛΟΧΟΣ.

Νὴ τὸν Δί᾽ ἥδομαί γε τουτὶ προσμαθών.
οἷόν γέ τοὐστιν αἱ σοφαὶ ξυνουσίαι.

ΕΥΡΙΠΙΔΗΣ.

πόλλ᾽ ἂν μάθοις τοιαῦτα παρ᾽ ἐμοῦ.

ΜΝΗΣΙΛΟΧΟΣ.

πῶς ἂν οὖν

πρὸς τοῖς ἀγαθοῖς τούτοισιν ἐξεύροις ὅπως
5 ἔτι προσμάθοιμι χωλὸς εἶναι τὼ σκέλη ;

ΕΤΡΙΠΙΔΗΣ.

βάδιζε δευρὶ καὶ πρόσεχε τὸν νοῦν.

ΜΝΗΣΙΛΟΧΟΣ.

ἰδού.

ΕΤΡΙΠΙΔΗΣ.

ὁρᾷς τὸ θύριον τοῦτο ;

ΜΝΗΣΙΛΟΧΟΣ.

νὴ τὸν Ἡρακλέα
οἶμαί γε.

ΕΤΡΙΠΙΔΗΣ.

σιώπα νυν.

ΜΝΗΣΙΛΟΧΟΣ.

σιωπῶ τὸ θύριον ;

ΕΤΡΙΠΙΔΗΣ.

ἄκου'.

ΜΝΗΣΙΛΟΧΟΣ.

ἀκούω καὶ σιωπῶ τὸ θύριον ;

ΕΤΡΙΠΙΔΗΣ.

10 ἐνθάδ' Ἀγάθων ὁ κλεινὸς οἰκῶν τυγχάνει

ὁ τραγῳδοποιός.

ΜΝΗΣΙΛΟΧΟΣ.

ποῖος οὗτος 'Αγάθων ;

ΕΥΡΙΠΙΔΗΣ.

ἔστιν τις 'Αγάθων —

ΜΝΗΣΙΛΟΧΟΣ.

μῶν ὁ μέλας ὁ καρτερός ;

ΕΥΡΙΠΙΔΗΣ.

οὐκ ἀλλ' ἕτερός τις · οὐχ ἑόρακας πώποτε ;

ΜΝΗΣΙΛΟΧΟΣ.

μῶν ὁ δασυπώγων ;

ΕΥΡΙΠΙΔΗΣ.

οὐχ ἑόρακας πώποτε ;

ΜΝΗΣΙΛΟΧΟΣ.

15 μὰ τὸν Δί' οὔπω γ' ὥστε κἀμέ γ' εἰδέναι.

THESMOPHORIAZUSAE, 20-34.

114.

The Chorus of birds have been betrayed by their trusted leader, the Hoopoe, and make ready to attack the two old men whom he is seeking to introduce to them.

ΧΟΡΟΣ

Ἔα ἔα,

προδεδόμεθ' ἀνόσιά τ' ἐπάθομεν ·

ὃς γὰρ φίλος ἦν ὁμότροφά θ᾽ ἡμῖν
ἐνέμετο πεδία παρ᾽ ἡμῖν,
5 παρέβη μὲν θεσμοὺς ἀρχαίους,
παρέβη δ᾽ ὅρκους ὀρνίθων·
ἐς δὲ δόλον ἐκάλεσε, παρέβαλέ τ᾽ ἐμὲ παρὰ
γένος ἀνόσιον, ὅπερ ἐξότ᾽ ἐγένετ᾽ ἐπ᾽ ἐμοὶ
πολέμιον ἐτράφη.
10 ἀλλὰ πρὸς τοῦτον μὲν ἡμῖν ἐστιν ὕστερος λόγος·
τὼ δὲ πρεσβύτα δοκεῖ μοι τώδε δοῦναι νῦν δίκην
διαφορηθῆναί θ᾽ ὑφ᾽ ἡμῶν.

ΠΕΙΘΕΤΑΙΡΟΣ.

ὡς ἀπωλόμεσθ᾽ ἄρα.

ΕΥΕΛΠΙΔΗΣ.

αἴτιος μέντοι σὺ νῷν εἶ τῶν κακῶν τούτων μόνος.
ἐπὶ τί γάρ μ᾽ ἐκεῖθεν ἦγες ;

ΠΕΙΘΕΤΑΙΡΟΣ.

ἵν᾽ ἀκολουθοίης ἐμοί.

ΕΥΕΛΠΙΔΗΣ.

15 ἵνα μὲν οὖν κλάοιμι μεγάλα.

ΠΕΙΘΕΤΑΙΡΟΣ.

τοῦτο μὲν ληρεῖς ἔχων

κάρτα· πῶς κλαύσει γάρ, ἢν ἅπαξ γε τὠφθαλμὼ
.᾿κκοπῇς;   BIRDS, 327-342.

115.

" We, the Knights, celebrate the glorious deeds of our sires
on land and sea; and, being minded to follow their example,
beg only that you will not make trouble, if in times of peace we
keep ourselves fine."

ΧΟΡΟΣ.

Εὐλογῆσαι βουλόμεσθα τοὺς πατέρας ἡμῶν, ὅτι
ἄνδρες ἦσαν τῆσδε τῆς γῆς ἄξιοι καὶ τοῦ πέπλου,
οἵτινες πεζαῖς μάχαισιν ἔν τε ναυφράκτῳ στρατῷ
πανταχοῦ νικῶντες ἀεὶ τήνδ᾽ ἐκόσμησαν πόλιν·
5 οὐ γὰρ οὐδεὶς πώποτ᾽ αὐτῶν τοὺς ἐναντίους ἰδὼν
ἠρίθμησεν, ἀλλ᾽ ὁ θυμὸς εὐθὺς ἦν Ἀμυνίας·
εἰ δέ που πέσοιεν ἐς τὸν ὦμον ἐν μάχῃ τινί,
τοῦτ᾽ ἀπεψήσαντ᾽ ἄν, εἶτ᾽ ἠρνοῦντο μὴ πεπτωκέναι,
ἀλλὰ διεπάλαιον αὖθις. καὶ στρατηγὸς οὐδ᾽ ἂν εἷς
10 τῶν πρὸ τοῦ σίτησιν ᾔτησ᾽ ἐρόμενος Κλεαίνετον·
νῦν δ᾽ ἐὰν μὴ προεδρίαν φέρωσι καὶ τὰ σιτία,
οὐ μαχεῖσθαί φασιν. ἡμεῖς δ᾽ ἀξιοῦμεν τῇ πόλει
προῖκα γενναίως ἀμύνειν καὶ θεοῖς ἐγχωρίοις.
καὶ πρὸς οὐκ αἰτοῦμεν οὐδὲν πλὴν τοσουτονὶ μόνον·
15 ἤν ποτ᾽ εἰρήνη γένηται καὶ πόνων παυσώμεθα,
μὴ φθονεῖθ᾽ ἡμῖν κομῶσι μηδ᾽ ἀπεστλεγγισμένοις.
                                    KNIGHTS, 565-580.

116.

How the Poet, by banishing low devices and vulgar charac-
ters from the stage, ennobled Comedy, and raised it to a stately
edifice.

ΧΟΡΟΣ.

Εἰ δ᾽ οὖν εἰκός τινα τιμῆσαι θύγατερ Διός, ὅστις
    ἄριστος
κωμῳδοδιδάσκαλος ἀνθρώπων καὶ κλεινότατος
    γεγένηται,
ἄξιος εἶναί φησ᾽ εὐλογίας μεγάλης ὁ διδάσκαλος
    ἡμῶν.
πρῶτον μὲν γὰρ τοὺς ἀντιπάλους μόνος ἀνθρώπων
    κατέπαυσεν
5 ἐς τὰ ῥάκια σκώπτοντας ἀεὶ καὶ τοῖς φθερσὶν
    πολεμοῦντας,
τούς θ᾽ Ἡρακλέας τοὺς μάττοντας καὶ τοὺς πεινῶν-
    τας ἐκείνους
ἐξήλασ᾽ ἀτιμώσας πρῶτος, καὶ τοὺς δούλους παρέ-
    λυσεν
τοὺς φεύγοντας κἀξαπατῶντας καὶ τυπτομένους
    ἐπίτηδες,
οὓς ἐξῆγον κλάοντας ἀεί, καὶ τούτους οὕνεκα τουδί,
10 ἵν᾽ ὁ σύνδουλος σκώψας αὐτοῦ τὰς πληγὰς εἶτ᾽
    ἀνέροιτο,

ὦ κακόδαιμον τί τὸ δέρμ' ἔπαθες ; μῶν ὑστριχὶς
εἰσέβαλέν σοι
ἐς τὰς πλευρὰς πολλῇ στρατιᾷ κἀδενδροτόμησε τὸ
νῶτον ;
τοιαῦτ' ἀφελὼν κακὰ καὶ φόρτον καὶ βωμολοχεύ-
ματ' ἀγεννῆ
ἐποίησε τέχνην μεγάλην ἡμῖν κἀπύργωσ' οἰκοδο-
μήσας
15 ἔπεσιν μεγάλοις καὶ διανοίαις καὶ σκώμμασιν οὐκ
ἀγοραίοις,
οὐκ ἰδιώτας ἀνθρωπίσκους κωμῳδῶν οὐδὲ γυναῖκας,
ἀλλ' Ἡρακλέους ὀργήν τιν' ἔχων τοῖσι μεγίστοις
ἐπεχείρει. PEACE, 736-752.

117.

Good it is to moisten one's understanding with a draught
of wine when one has important business to transact.

OIKETHΣ B.

Κράτιστον οὖν νῷν ἀποθανεῖν.

OIKETHΣ A.

ἀλλὰ σκόπει,
ὅπως ἂν ἀποθάνωμεν ἀνδρικώτατα.

OIKETHΣ B.

πῶς δῆτα πῶς γένοιτ' ἂν ἀνδρικώτατα ;

βέλτιστον ἡμῖν αἷμα ταύρειον πιεῖν.
5 ὁ Θεμιστοκλέους γὰρ θάνατος αἱρετώτατος.

ΟΙΚΕΤΗΣ Α.

μὰ Δί᾽ ἀλλ᾽ ἄκρατον οἶνον ἀγαθοῦ δαίμονος.
ἴσως γὰρ ἂν χρηστόν τι βουλευσαίμεθα.

ΟΙΚΕΤΗΣ Β.

ἰδού γ᾽ ἄκρατον. περὶ πότου γοῦν ἐστί σοι ;
πῶς δ᾽ ἂν μεθύων χρηστόν τι βουλεύσαιτ᾽ ἀνήρ ;

ΟΙΚΕΤΗΣ Α.

10 ἄληθες οὗτος ; κρουνοχυτρολήραιος εἶ.
οἶνον σὺ τολμᾷς εἰς ἐπίνοιαν λοιδορεῖν ;
οἴνου γὰρ εὕροις ἄν τι πρακτικώτερον ;
ὁρᾷς, ὅταν πίνωσιν ἄνθρωποι τότε
πλουτοῦσι διαπράττουσι νικῶσιν δίκας
15 εὐδαιμονοῦσιν ὠφελοῦσι τοὺς φίλους.
ἀλλ᾽ ἐξένεγκέ μοι ταχέως οἴνου χόα,
τὸν νοῦν ἵν᾽ ἄρδω καὶ λέγω τι δεξιόν.   Knights, 80–96.

118.

Dionysus, accompanied by a slave, is on his way to the lower world in search of Euripides. He knocks at the door of Heracles, whose lion's skin and club he has appropriated.

ΗΡΑΚΛΗΣ.

Τίς τὴν θύραν ἐπάταξεν; ὡς κενταυρικῶς

ἐνήλαθ᾽ ὅστις· εἰπέ μοι τουτὶ τί ἦν;

ΔΙΟΝΥΣΟΣ.

ὁ παῖς.

ΞΑΝΘΙΑΣ.

τί ἔστιν;

ΔΙΟΝΥΣΟΣ.

οὐκ ἐνεθυμήθης;

ΞΑΝΘΙΑΣ.

τὸ τί;

ΔΙΟΝΥΣΟΣ.

ὡς σφόδρα μ᾽ ἔδεισε.

ΞΑΝΘΙΑΣ.

νὴ Δία μὴ μαίνοιό γε.

ΗΡΑΚΛΗΣ.

5 οὔ τοι μὰ τὴν Δήμητρα δύναμαι μὴ γελᾶν·
καίτοι δάκνω γ᾽ ἐμαυτόν· ἀλλ᾽ ὅμως γελῶ.

ΔΙΟΝΥΣΟΣ.

ὦ δαιμόνιε πρόσελθε· δέομαι γάρ τί σου.

ΗΡΑΚΛΗΣ.

ἀλλ᾽ οὐχ οἷός τ᾽ εἴμ᾽ ἀποσοβῆσαι τὸν γέλων
ὁρῶν λεοντῆν ἐπὶ κροκωτῷ κειμένην.

10 τίς ὁ νοῦς; τί κόθορνος καὶ ῥόπαλον ξυνηλθέτην;
ποῖ γῆς ἀπεδήμεις;

ΔΙΟΝΤΣΟΣ.

ἐπεβάτευον Κλεισθένει.

ΗΡΑΚΛΗΣ.

κἀναυμάχησας;

ΔΙΟΝΤΣΟΣ.

καὶ κατεδύσαμέν γε ναῦς
τῶν πολεμίων ἢ δώδεκ᾽ ἢ τρεισκαίδεκα.

ΗΡΑΚΛΗΣ.

σφώ;

ΔΙΟΝΤΣΟΣ.

νὴ τὸν Ἀπόλλω.

ΗΡΑΚΛΗΣ.

κᾆτ᾽ ἔγωγ᾽ ἐξηγρόμην.

ΔΙΟΝΤΣΟΣ.

15 καὶ δῆτ᾽ ἐπὶ τῆς νεὼς ἀναγιγνώσκοντί μοι
τὴν Ἀνδρομέδαν πρὸς ἐμαυτὸν ἐξαίφνης πόθος
τὴν καρδίαν ἐπάταξε πῶς οἴει σφόδρα.

FROGS, 38-54.

119.

Philocleon, an old gentleman who is too fond of the law-courts, has been locked up in the house of his son Bdelycleon. The Chorus, who are Athenian dicasts habited as wasps, express their sympathy and try to get him out.

ΧΟΡΟΣ.

Τίς γάρ ἐσθ᾽ οὑνταῦθά σ᾽ εἴργων
κἀποκλῄων τῇ θύρᾳ ; λέξον· πρὸς εὔνους γὰρ
φράσεις.

ΦΙΛΟΚΛΕΩΝ.

οὑμὸς υἱός. ἀλλὰ μὴ βοᾶτε· καὶ γὰρ τυγχάνει
οὑτοσὶ πρόσθεν καθεύδων. ἀλλ᾽ ὕφεσθε τοῦ τόνου.

ΧΟΡΟΣ.

5 τοῦ δ᾽ ἔφεξιν ὦ μάταιε ταῦτα δρᾶν σε βούλεται ;
ἢ τίνα πρόφασιν ἔχων ;

ΦΙΛΟΚΛΕΩΝ.

οὐκ ἐᾷ μ᾽ ὦνδρες δικάζειν οὐδὲ δρᾶν οὐδὲν κακόν,
ἀλλά μ᾽ εὐωχεῖν ἑτοιμός ἐσθ᾽· ἐγὼ δ᾽ οὐ βούλομαι.

ΧΟΡΟΣ.

τοῦτ᾽ ἐτόλμησ᾽ ὁ μιαρὸς χανεῖν ὁ δημολογοκλέων
10 ὅδ᾽, ὅτι λέγεις σύ τι περὶ τῶν νεῶν ἀληθές. οὐ
γὰρ ἄν

ποθ' οὗτος ἀνὴρ τοῦτ' ἐτόλμησεν λέγειν, εἰ μὴ
ξυνωμότης τις ἦν.

ἀλλ' ἐκ τούτων ὥρα τινά σοι ζητεῖν καινὴν ἐπίνοιαν,
ἥτις σε λάθρᾳ τἀνδρὸς τουδὶ καταβῆναι δεῦρο
ποιήσει.

ΦΙΛΟΚΛΕΩΝ.

τίς ἂν οὖν εἴη ; ζητεῖθ' ὑμεῖς, ὡς πᾶν ἂν ἔγωγε
ποιοίην ·
15 οὕτω κιττῶ διὰ τῶν σανίδων μετὰ χοιρίνης περι-
ελθεῖν.

ΧΟΡΟΣ.

ἔστιν ὀπὴ δῆθ' ἥντιν' ἂν ἔνδοθεν οἷός τ' εἴης δια-
λέξαι,
εἶτ' ἐκδῦναι ῥάκεσιν κρυφθεὶς ὥσπερ πολύμητις
'Οδυσσεύς ;

WASPS, 333–351.

120.

Trygaeus exhorts the Chorus, who respond with ready zeal,
to lay hold and assist in hauling Peace out of the cave in which
she has been concealed.

ΤΡΥΓΑΙΟΣ.

'Αλλ' ὦ γεωργοὶ κἄμποροι καὶ τέκτονες
καὶ δημιουργοὶ καὶ μέτοικοι καὶ ξένοι

καὶ νησιῶται, δεῦρ᾽ ἴτ᾽ ὦ πάντες λεῴ,
ὡς τάχιστ᾽ ἅμας λαβόντες καὶ μοχλοὺς καὶ σχοι-
νία ·
5 νῦν γὰρ ἡμῖν ἁρπάσαι πάρεστιν ἀγαθοῦ δαίμονος.

ΧΟΡΟΣ.

δεῦρο πᾶς χώρει προθύμως εὐθὺ τῆς σωτηρίας.
ὦ Πανέλληνες βοηθήσωμεν, εἴπερ πώποτε,
τάξεων ἀπαλλαγέντες καὶ κακῶν φοινικικῶν·
ἡμέρα γὰρ ἐξέλαμψεν ἥδε μισολάμαχος.
10 πρὸς τάδ᾽ ἡμῖν, εἴ τι χρὴ δρᾶν, φράζε κἀρχιτε-
κτόνει ·
οὐ γὰρ ἔσθ᾽ ὅπως ἀπειπεῖν ἂν δοκῶ μοι τήμερον,
πρὶν μοχλοῖς καὶ μηχαναῖσιν εἰς τὸ φῶς ἀνελκύσαι
τὴν θεῶν πασῶν μεγίστην καὶ φιλαμπελωτάτην.

ΤΡΥΓΑΙΟΣ.

οὐ σιωπήσεσθ᾽, ὅπως μὴ περιχαρεῖς τῷ πράγματι
15 τὸν Πόλεμον ἐκζωπυρήσετ᾽ ἔνδοθεν κεκραγότες;

ΧΟΡΟΣ.

ἀλλ᾽ ἀκούσαντες τοιούτου χαίρομεν κηρύγματος.
οὐ γὰρ ἦν ἔχοντας ἥκειν σιτί᾽ ἡμερῶν τριῶν.

PEACE, 296–312.

121.

"Hear me without prejudice, although I speak in comic verse. We are by ourselves (for this is the Lenaea), and may safely speak our real sentiments."

ΔΙΚΑΙΟΠΟΛΙΣ.

μή μοι φθονήσητ' ἄνδρες οἱ θεώμενοι,
εἰ πτωχὸς ὢν ἔπειτ' ἐν Ἀθηναίοις λέγειν
μέλλω περὶ τῆς πόλεως, τρυγῳδίαν ποιῶν.
τὸ γὰρ δίκαιον οἶδε καὶ τρυγῳδία.
5 ἐγὼ δὲ λέξω δεινὰ μὲν δίκαια δέ.
οὐ γάρ με νῦν γε διαβαλεῖ Κλέων ὅτι
ξένων παρόντων τὴν πόλιν κακῶς λέγω.
αὐτοὶ γάρ ἐσμεν οὑπὶ ληναίῳ τ' ἀγών,
κοὔπω ξένοι πάρεισιν· οὔτε γὰρ φόροι
10 ἥκουσιν οὔτ' ἐκ τῶν πόλεων οἱ ξύμμαχοι·
ἀλλ' ἐσμὲν αὐτοὶ νῦν γε περιεπτισμένοι·
τοὺς γὰρ μετοίκους ἄχυρα τῶν ἀστῶν λέγω.
ἐγὼ δὲ μισῶ μὲν Λακεδαιμονίους σφόδρα,
καὐτοῖς ὁ Ποσειδῶν οὑπὶ Ταινάρῳ θεὸς
15 σείσας ἅπασιν ἐμβάλοι τὰς οἰκίας·
κἀμοὶ γάρ ἐστιν ἀμπέλια κεκομμένα.
ἀτὰρ φίλοι γὰρ οἱ παρόντες ἐν λόγῳ,
τί ταῦτα τοὺς Λάκωνας αἰτιώμεθα ;

ACHARNIANS, 497–514.

122.

Socrates seats Strepsiades, a dull old man whose son has involved him in debt, upon the sacred stool, and subjects him to certain ceremonies of initiation.

ΣΩΚΡΑΤΗΣ.

Βούλει τὰ θεῖα πράγματ' εἰδέναι σαφῶς
ἅττ' ἐστὶν ὀρθῶς ;

ΣΤΡΕΨΙΑΔΗΣ.

νὴ Δι' εἴπερ ἔστι γε.

ΣΩΚΡΑΤΗΣ.

καὶ ξυγγενέσθαι ταῖς νεφέλαισιν ἐς λόγους,
ταῖς ἡμετέραισι δαίμοσιν ;

ΣΤΡΕΨΙΑΔΗΣ.

μάλιστά γε.

ΣΩΚΡΑΤΗΣ.

5 κάθιζε τοίνυν ἐπὶ τὸν ἱερὸν σκίμποδα.

ΣΤΡΕΨΙΑΔΗΣ.

ἰδοὺ κάθημαι.

ΣΩΚΡΑΤΗΣ.

τουτονὶ τοίνυν λαβὲ
τὸν στέφανον.

ΣΤΡΕΨΙΑΔΗΣ.

ἐπὶ τί στέφανον ; οἴμοι Σώκρατες
ὥσπερ με τὸν Ἀθάμανθ' ὅπως μὴ θύσετε.

ΣΩΚΡΑΤΗΣ.

οὐκ ἀλλὰ ταῦτα πάντα τοὺς τελουμένους
10 ἡμεῖς ποιοῦμεν.

ΣΤΡΕΨΙΑΔΗΣ.

εἶτα δὴ τί κερδανῶ ;

ΣΩΚΡΑΤΗΣ.

λέγειν γενήσει τρῖμμα κρόταλον παιπάλη.
ἀλλ' ἔχ' ἀτρεμεί.

ΣΤΡΕΨΙΑΔΗΣ.

μὰ τὸν Δί' οὐ ψεύσει γέ με·
καταπαττόμενος γὰρ παιπάλη γενήσομαι.

ΣΩΚΡΑΤΗΣ.

εὐφημεῖν χρὴ τὸν πρεσβύτην καὶ τῆς εὐχῆς ἐπα-
κούειν.
15 ὦ δέσποτ' ἄναξ ἀμέτρητ' ἀήρ, ὃς ἔχεις τὴν γῆν
μετέωρον,
λαμπρός τ' αἰθὴρ σεμναί τε θεαὶ νεφέλαι βροντη-
σικέραυνοι,
ἄρθητε φάνητ' ὦ δέσποιναι τῷ φροντιστῇ μετέωροι.

ΣΤΡΕΨΙΑΔΗΣ.

μήπω μήπω γε πρὶν ἂν τουτὶ πτύξωμαι, μὴ κατα-
βρεχθῶ.
τὸ δὲ μηδὲ κυνῆν οἴκοθεν ἐλθεῖν ἐμὲ τὸν κακοδαί-
μον᾽ ἔχοντα.   CLOUDS, 250-268.

123

The Chorus of Athenian dicasts compare themselves, in their
manners and way of living, to wasps. But there are drones
among them!

ΧΟΡΟΣ.

Πολλαχοῦ σκοποῦντες ἡμᾶς εἰς ἅπανθ᾽ εὑρήσετε
τοὺς τρόπους καὶ τὴν δίαιταν σφηξὶν ἐμφερε-
στάτους.
πρῶτα μὲν γὰρ οὐδὲν ἡμῶν ζῷον ἠρεθισμένον
μᾶλλον ὀξύθυμόν ἐστιν οὐδὲ δυσκολώτερον·
5 εἶτα τἄλλ᾽ ὅμοια πάντα σφηξὶ μηχανώμεθα.
ξυλλεγέντες γὰρ καθ᾽ ἑσμούς, ὡσπερεὶ τἀνθρήνια,
οἱ μὲν ἡμῶν οὗπερ ἄρχων, οἱ δὲ παρὰ τοὺς ἕνδεκα,
οἱ δ᾽ ἐν ᾠδείῳ δικάζουσ᾽, οἱ δὲ πρὸς τοῖς τειχίοις
ξυμβεβυσμένοι πυκνὸς νεύοντες ἐς τὴν γῆν, μόλις
10 ὥσπερ οἱ σκώληκες ἐν τοῖς κυττάροις κινούμενοι.
ἔς τε τὴν ἄλλην δίαιταν ἐσμὲν εὐπορώτατοι.
πάντα γὰρ κεντοῦμεν ἄνδρα κἀκπορίζομεν βίον.
ἀλλὰ γὰρ κηφῆνες ἡμῶν εἰσὶν ἐγκαθήμενοι,

οὐκ ἔχοντες κέντρον· οἳ μένοντες ἔνδον τοὐρόφου
15 τὸν πόνον κατεσθίουσιν, οὐ ταλαιπωρούμενοι.
τοῦτο δ' ἔστ' ἄλγιστον ἡμῖν, ἤν τις ἀστράτευτος ὢν
ἐκροφῇ τὸν μισθὸν ἡμῶν, τῆσδε τῆς χώρας ὕπερ
μήτε κώπην μήτε λόγχην μήτε φλύκταιναν λαβών.
ἀλλ' ἐμοὶ δοκεῖ τὸ λοιπὸν τῶν πολιτῶν ἐμβραχὺ
20 ὅστις ἂν μὴ 'χῃ τὸ κέντρον, μὴ φέρειν τριώβολον.

WASPS, 1102-1121.

124.

Praxagora urges the women, who have resolved to devote
themselves to affairs of state, to tie on their beards and practise
themselves in public speaking.

ΠΡΑΞΑΓΟΡΑ.

Τούτου γε τοίνυν τὴν ἐπιοῦσαν ἡμέραν
τόλμημα τολμῶμεν τοσοῦτον οὕνεκα,
ἤν πως παραλαβεῖν τῆς πόλεως τὰ πράγματα
δυνώμεθ', ὥστ' ἀγαθόν τι πρᾶξαι τὴν πόλιν·
5 νῦν μὲν γὰρ οὔτε θέομεν οὔτ' ἐλαύνομεν.

ΓΥΝΗ Α.

καὶ πῶς γυναικῶν θηλύφρων· ξυνουσία
δημηγορήσει;

ΠΡΑΞΑΓΟΡΑ.

πολὺ μὲν οὖν ἄριστά που.

λέγουσι γὰρ καὶ τῶν νεανίσκων ὅσοι
πλεῖστα σποδοῦνται, δεινοτάτους εἶναι λέγειν·
10 ἡμῖν δ' ὑπάρχει τοῦτο κατὰ τύχην τινά.

ΓΥΝΗ Α.

οὐκ οἶδα· δεινὸν δ' ἐστὶν ἡ μὴ 'μπειρία.

ΠΡΑΞΑΓΟΡΑ.

οὐκοῦν ἐπίτηδες ξυνελέγημεν ἐνθαδί,
ὅπως προμελετήσωμεν ἁκεῖ δεῖ λέγειν.
οὐκ ἂν φθάνοις τὸ γένειον ἂν περιδουμένη
15 ἄλλαι θ' ὅσαι λαλεῖν μεμελετήκασί που.

ΓΥΝΗ Α.

τίς δ' ὦ μέλ' ἡμῶν οὐ λαλεῖν ἐπίσταται;

ΠΡΑΞΑΓΟΡΑ.

ἴθι δὴ σὺ περιδοῦ καὶ ταχέως ἀνὴρ γενοῦ·
ἐγὼ δὲ θεῖσα τὸν στέφανον περιδήσομαι
καὐτὴ μεθ' ὑμῶν, ἤν τί μοι δόξῃ λέγειν.

ΓΥΝΗ Α.

20 δεῦρ' ὦ γλυκυτάτη Πραξαγόρα, σκέψαι τάλαν
ὡς καταγέλαστον τοῦτο πρᾶγμα φαίνεται.

ECCLEZIAZUSAE, 105-125.

125.

The strife of Aeschylus and Euripides in the lower world
for the tragic throne, Dionysus being the judge of the contest.

ΧΟΡΟΣ.

Ἀλλ' ὦ πρῶτος τῶν Ἑλλήνων πυργώσας ῥήματα
σεμνὰ
καὶ κοσμήσας τραγικὸν λῆρον, θαρρῶν τὸν κρου-
νὸν ἀφίει.

ΑΙΣΧΥΛΟΣ.

θυμοῦμαι μὲν τῇ ξυντυχίᾳ, καί μου τὰ σπλάγχν'
ἀγανακτεῖ,
εἰ πρὸς τοῦτον δεῖ μ' ἀντιλέγειν· ἵνα μὴ φάσκῃ δ'
ἀπορεῖν με,
5 ἀπόκριναί μοι, τίνος οὕνεκα χρὴ θαυμάζειν ἄνδρα
ποιητήν ;

ΕΥΡΙΠΙΔΗΣ.

δεξιότητος καὶ νουθεσίας, ὅτι βελτίους τε ποιοῦμεν
τοὺς ἀνθρώπους ἐν ταῖς πόλεσιν.

ΑΙΣΧΥΛΟΣ.

ταῦτ' οὖν εἰ μὴ πεποίηκας,
ἀλλ' ἐκ χρηστῶν καὶ γενναίων μοχθηροτάτους
ἀπέδειξας,
τί παθεῖν φήσεις ἄξιος εἶναι ;

ΔΙΟΝΥΣΟΣ.

τεθνάναι· μὴ τοῦτον ἐρώτα.

ΑΙΣΧΥΛΟΣ.

10 σκέψαι τοίνυν οἵους αὐτοὺς παρ' ἐμοῦ παρεδέξατο
πρῶτον,
εἰ γενναίους καὶ τετραπήχεις, καὶ μὴ διαδρασι-
πολίτας,
μηδ' ἀγοραίους μηδὲ κοβάλους ὥσπερ νῦν μηδὲ
πανούργους,
ἀλλὰ πνέοντας δόρυ καὶ λόγχας καὶ λευκολόφους
τρυφαλείας
καὶ πήληκας καὶ κνημῖδας καὶ θυμοὺς ἑπταβοείους.

ΕΥΡΙΠΙΔΗΣ.

15 καὶ δὴ χωρεῖ τουτὶ τὸ κακόν· κρανοποιῶν αὖ μ'
ἐπιτρίψει.

ΔΙΟΝΥΣΟΣ.

καὶ τί σὺ δράσας οὕτως αὐτοὺς γενναίους ἐξεδί-
δαξας;
Αἰσχύλε λέξον, μηδ' αὐθαδῶς σεμνυνόμενος χαλέ-
παινε.

ΑΙΣΧΥΛΟΣ.

δρᾶμα ποιήσας ἄρεως μεστόν.

ΔΙΟΝΥΣΟΣ.

ποῖον ;

ΑΙΣΧΥΛΟΣ.

τοὺς ἕπτ' ἐπὶ Θήβας·
ὃ θεασάμενος πᾶς ἄν τις ἀνὴρ ἠράσθη δάϊος εἶναι.

ΔΙΟΝΥΣΟΣ.

20 τουτὶ μέν σοι κακὸν εἴργασται· Θηβαίους γὰρ
πεποίηκας
ἀνδρειοτέρους ἐς τὸν πόλεμον, καὶ τούτου γ' οὕνεκα
τύπτου.

FROGS, 1004–1024.

126.

"Let us strip, and set to work! The women are aiming at
a tyranny, and must be put down promptly."

ΧΟΡΟΣ ΓΕΡΟΝΤΩΝ.

Οὐκέτ' ἔργον ἐγκαθεύδεω ὅστις ἔστ' ἐλεύθερος,
ἀλλ' ἐπαποδυώμεθ' ὦνδρες τουτῳὶ τῷ πράγματι.
ἤδη γὰρ ὄζειν ταδὶ πλειόνων καὶ μειζόνων
πραγμάτων μοι δοκεῖ,
5 καὶ μάλιστ' ὀσφραίνομαι τῆς Ἱππίου τυραννίδος·
καὶ πάνυ δέδοικα μὴ τῶν Λακώνων τινὲς
δεῦρο συνεληλυθότες ἄνδρες ἐς Κλεισθένους
τὰς θεοῖς ἐχθρὰς γυναῖκας ἐξεπαίρωσιν δόλῳ

καταλαβεῖν τὰ χρήμαθ᾽ ἡμῶν τόν τε μισθόν,
ἔνθεν ἔζων ἐγώ.
10 δεινὰ γάρ τοι τάσδε γ᾽ ἤδη τοὺς πολίτας νουθετεῖν,
καὶ λαλεῖν γυναῖκας οὔσας ἀσπίδος χαλκῆς πέρι,
καὶ διαλλάττειν πρὸς ἡμᾶς ἀνδράσιν Λακωνικοῖς,
οἷσι πιστὸν οὐδὲν εἰ μή περ λύκῳ κεχηνότι.
ἀλλὰ ταῦθ᾽ ὕφηναν ἡμῖν ὦνδρες ἐπὶ τυραννίδι.
15 ἀλλ᾽ ἐμοῦ μὲν οὐ τυραννεύσουσ᾽, ἐπεὶ φυλάξομαι
καὶ φορήσω τὸ ξίφος τὸ λοιπὸν ἐν μύρτου κλαδί,
ἀγοράσω τ᾽ ἐν τοῖς ὅπλοις ἑξῆς Ἀριστογείτονι,
ὧδέ θ᾽ ἑστήξω παρ᾽ αὐτόν· αὐτὸ γάρ μοι γίγνεται
τῆς θεοῖς ἐχθρᾶς πατάξαι τῆσδε γραὸς τὴν
γνάθον. LYSISTRATA, 614-635.

127.

In praise of Philocleon, who in his old age has turned gen-
tleman, and of his son Bdelycleon, who has shown himself to
be both filial and wise.

ΧΟΡΟΣ.

Ζηλῶ γε τῆς εὐτυχίας
τὸν πρέσβυν οἷ μετέστη
ξηρῶν τρόπων καὶ βιοτῆς·
ἕτερα δὲ νῦν ἀντιμαθὼν
5 ἦ μέγα τι μεταπεσεῖται
ἐπὶ τὸ τρυφῶν καὶ μαλακόν.

τάχα δ' ἂν ἴσως οὐκ ἐθέλοι.
τὸ γὰρ ἀποστῆναι χαλεπὸν
φύσεος, ἢν ἔχοι τις ἀεί.
10 καίτοι πολλοὶ ταῦτ' ἔπαθον·
ξυνόντες γνώμαις ἑτέρων
μετεβάλοντο τοὺς τρόπους.
πολλοῦ δ' ἐπαίνου παρ' ἐμοὶ
καὶ τοῖσιν εὖ φρονοῦσιν
15 τυχὼν ἄπεισιν διὰ τὴν
φιλοπατρίαν καὶ σοφίαν
ὁ παῖς ὁ Φιλοκλέωνος.
οὐδενὶ γὰρ οὕτως ἀγανῷ
ξυνεγενόμην, οὐδὲ τρόποις
20 ἐπεμάνην οὐδ' ἐξεχύθην.
τί γὰρ ἐκεῖνος ἀντιλέγων
οὐ κρείττων ἦν, βουλόμενος
τὸν φύσαντα σεμνοτέροις
κατακομῆσαι πράγμασιν ;   Wasps, 1450-1473.

128.

On the entrance of Poverty, who is angry because a plan is afoot to restore sight to the blind Plutus, Blepsydemus takes to his heels.

ΠΕΝΙΑ.

Πενία μὲν οὖν, ἢ σφῷν ξυνοικῶ πόλλ' ἔτη.

ΒΛΕΨΙΔΗΜΟΣ.

ἄναξ Ἄπολλον καὶ θεοὶ ποῖ τις φύγῃ ;

ΧΡΕΜΥΛΟΣ.

οὗτος τί δρᾷς ; ὦ δειλότατον σὺ θηρίον·
οὐ παραμενεῖς ;

ΒΛΕΨΙΔΗΜΟΣ.

ἥκιστα πάντων.

ΧΡΕΜΥΛΟΣ.

οὐ μενεῖς ;
5 ἀλλ' ἄνδρε δύο γυναῖκα φεύγομεν μίαν ;

ΒΛΕΨΙΔΗΜΟΣ.

Πενία γάρ ἐστιν ὦ πονήρ', ἧς οὐδαμοῦ
οὐδὲν πέφυκε ζῷον ἐξωλέστερον.

ΧΡΕΜΥΛΟΣ.

στῆθ', ἀντιβολῶ σε, στῆθι.

ΒΛΕΨΙΔΗΜΟΣ.

μὰ Δί' ἐγὼ μὲν οὔ.

ΧΡΕΜΥΛΟΣ.

καὶ μὴν λέγω, δεινότατον ἔργον παρὰ πολὺ
10 ἔργων ἁπάντων ἐργασόμεθ', εἰ τὸν θεὸν

ἔρημον ἀπολιπόντε ποι φευξούμεθα
τηνδὶ δεδιότε, μηδὲ διαμαχούμεθα.

ΒΛΕΨΙΔΗΜΟΣ.

ποίοις ὅπλοισιν ἢ δυνάμει πεποιθότες ;
ποῖον γὰρ οὐ θώρακα, ποίαν δ᾽ ἀσπιδα
15 οὐκ ἐνέχυρον τίθησιν ἡ μιαρωτάτη ;

ΧΡΕΜΥΛΟΣ.

θάρρει· μόνος γὰρ ὁ θεὸς οὗτος οἶδ᾽ ὅτι
τροπαῖον ἂν στήσαιτο τῶν ταύτης τρόπων.

ΠΕΝΙΑ.

γρύζειν δὲ καὶ τολμᾶτον ὦ καθάρματε,
ἐπ᾽ αὐτοφώρῳ δεινὰ δρῶντ᾽ εἰλημμένω ;

ΧΡΕΜΥΛΟΣ.

20 σὺ δ᾽ ὦ κάκιστ᾽ ἀπολουμένη τί λοιδορεῖ
ἡμῖν προσελθοῦσ᾽ οὐδ᾽ ὁτιοῦν ἀδικουμένη ;

ΠΕΝΙΑ.

οὐδὲν γὰρ ὦ πρὸς τῶν θεῶν νομίζετε
ἀδικεῖν με τὸν Πλοῦτον ποιεῖν πειρωμένω
βλέψαι πάλιν ;

PLUTUS, 437–460.

129.

Prometheus comes down from heaven to announce that the empire of Zeus is at an end. In deadly fear that Zeus and the other gods may see him, he bundles himself up in his cloak and covers himself with a sun-umbrella.

ΠΡΟΜΗΘΕΥΣ.

Οἴμοι τάλας, ὁ Ζεὺς ὅπως μή μ' ὄψεται.
ποῦ Πειθέταιρός ἐστ';

ΠΕΙΘΕΤΑΙΡΟΣ.

ἔα τουτὶ τί ἦν;
τίς οὐγκαλυμμός;

ΠΡΟΜΗΘΕΥΣ.

τῶν θεῶν ὁρᾷς τινα
ἐμοῦ κατόπιν ἐνταῦθα;

ΠΕΙΘΕΤΑΙΡΟΣ.

μὰ Δί' ἐγὼ μὲν οὔ.
5 τίς δ' εἶ σύ;

ΠΡΟΜΗΘΕΥΣ.

πηνίκ' ἐστὶν ἄρα τῆς ἡμέρας;

ΠΕΙΘΕΤΑΙΡΟΣ

ὁπηνίκα; σμικρόν τι μετὰ μεσημβρίαν.
ἀλλὰ σὺ τίς εἶ;

ΠΡΟΜΗΘΕΥΣ.

βουλυτὸς ἢ περαιτέρω ;

ΠΕΙΘΕΤΑΙΡΟΣ.

οἴμ' ὡς βδελύττομαί σε.

ΠΡΟΜΗΘΕΥΣ.

τί γὰρ ὁ Ζεὺς ποιεῖ ;
ἀπαιθριάζει τὰς νεφέλας ἢ ξυννέφει ;

ΠΕΙΘΕΤΑΙΡΟΣ.

10 οἴμωζε μεγάλ'.

ΠΡΟΜΗΘΕΥΣ.

οὕτω μὲν ἐκκαλύψομαι.

ΠΕΙΘΕΤΑΙΡΟΣ.

ὦ φίλε Προμηθεῦ.

ΠΡΟΜΗΘΕΥΣ.

παῦε παῦε, μὴ βόα.

ΠΕΙΘΕΤΑΙΡΟΣ.

τί γὰρ ἔστι ;

ΠΡΟΜΗΘΕΥΣ.

σίγα, μὴ κάλει μου τοὔνομα ·
ἀπὸ γάρ μ' ὀλεῖς, εἴ μ' ἐνθάδ' ὁ Ζεὺς ὄψεται.

ἀλλ᾽ ἵνα φράσω σοι πάντα τἄνω πράγματα,
15 τουτὶ λαβών μου τὸ σκιάδειον ὑπέρεχε
ἄνωθεν, ὡς ἂν μή μ᾽ ὁρῶσιν οἱ θεοί.

ΠΕΙΘΕΤΑΙΡΟΣ.

ἰοὺ ἰού·
εὖ γ᾽ ἐπενόησας αὐτὸ καὶ προμηθικῶς.
ὑπόδυθι ταχὺ δὴ κᾆτα θαρρήσας λέγε..

ΠΡΟΜΗΘΕΥΣ.

20 ἄκουε δή νυν.

ΠΕΙΘΕΤΑΙΡΟΣ.

ὡς ἀκούοντος λέγε.

ΠΡΟΜΗΘΕΥΣ.

ἀπόλωλεν ὁ Ζεύς.

ΠΕΙΘΕΤΑΙΡΟΣ.

πηνίκ᾽ ἄττ᾽ ἀπώλετο ;

ΠΡΟΜΗΘΕΥΣ.

ἐξ οὗπερ ὑμεῖς ᾠκίσατε τὸν ἀέρα.
θύει γὰρ οὐδεὶς οὐδὲν ἀνθρώπων ἔτι
θεοῖσιν, οὐδὲ κνῖσα μηρίων ἄπο
25 ἀνῆλθεν ὡς ἡμᾶς ἀπ᾽ ἐκείνου τοῦ χρόνου.

130.

Dicaeopolis, being about to address the Chorus in behalf of the Lacedaemonians, appeals to Euripides for some of the rags of tragedy. Euripides is wheeled out upon the stage.

ΔΙΚΑΙΟΠΟΛΙΣ.

Ὥρα 'στὶν ἄρα μοι καρτερὰν ψυχὴν λαβεῖν,
καί μοι βαδιστέ' ἐστὶν ὡς Εὐριπίδην.
παῖ παῖ.

ΘΕΡΑΠΩΝ.

τίς οὗτος ;

ΔΙΚΑΙΟΠΟΛΙΣ.

ἔνδον ἔστ' Εὐριπίδης ;

ΘΕΡΑΠΩΝ.

οὐκ ἔνδον ἔνδον ἐστίν, εἰ γνώμην ἔχεις.

ΔΙΚΑΙΟΠΟΛΙΣ.

5 πῶς ἔνδον εἶτ' οὐκ ἔνδον ;

ΘΕΡΑΠΩΝ.

ὀρθῶς ὦ γέρον.
ὁ νοῦς μὲν ἔξω ξυλλέγων ἐπύλλια
οὐκ ἔνδον, αὐτὸς δ' ἔνδον ἀναβάδην ποιεῖ
τραγῳδίαν.

ΔΙΚΑΙΟΠΟΛΙΣ.

ὦ τρισμακάρι' Εὐριπίδη,
ὅθ' ὁ δοῦλος οὑτωσὶ σοφῶς ὑποκρίνεται.
10 ἐκκάλεσον αὐτόν.

ΘΕΡΑΠΩΝ.

ἀλλ' ἀδύνατον.

ΔΙΚΑΙΟΠΟΛΙΣ.

ἀλλ' ὅμως·
οὐ γὰρ ἂν ἀπέλθοιμ', ἀλλὰ κόψω τὴν θύραν.
Εὐριπίδη, Εὐριπίδιον,
ὑπάκουσον, εἴπερ πώποτ' ἀνθρώπων τινί·
Δικαιόπολις καλῶ σ' ὁ Χολλείδης ἐγώ.

ΕΥΡΙΠΙΔΗΣ.

15 ἀλλ' οὐ σχολή.

ΔΙΚΑΙΟΠΟΛΙΣ.

ἀλλ' ἐκκυκλήθητ'.

ΕΥΡΙΠΙΔΗΣ.

ἀλλ' ἀδύνατον.

ΔΙΚΑΙΟΠΟΛΙΣ.

ἀλλ' ὅμως.

ΕΥΡΙΠΙΔΗΣ.

ἀλλ' ἐκκυκλήσομαι· καταβαίνειν δ' οὐ σχολή.

ΔΙΚΑΙΟΠΟΛΙΣ.

Εὐριπίδη —

ΕΥΡΙΠΙΔΗΣ.

τί λέλακας ;

ΔΙΚΑΙΟΠΟΛΙΣ.

ἀναβάδην ποιεῖς,
ἐξὸν καταβάδην ; οὐκ ἐτὸς χωλοὺς ποιεῖς.
20 ἀτὰρ τί τὰ ῥάκι' ἐκ τραγῳδίας ἔχεις,
ἐσθῆτ' ἐλεινήν ; οὐκ ἐτὸς πτωχοὺς ποιεῖς.
ἀλλ' ἀντιβολῶ πρὸς τῶν γονάτων σ' Εὐριπίδη,
δός μοι ῥάκιόν τί του παλαιοῦ δράματος.
δεῖ γάρ με λέξαι τῷ χορῷ ῥῆσιν μακράν·
25 αὕτη δὲ θάνατον, ἢν κακῶς λέξω, φέρει.

ACHARNIANS, 393-417.

AESCHYLUS.

131.

The Chorus of aged Persians, at the request of Queen Atossa, tell of the land and people against whom Xerxes has made his great expedition.

ΑΤΟΣΣΑ.

Κεῖνα δ᾽ ἐκμαθεῖν θέλω,
ὦ φίλοι, ποῦ τὰς ᾽Αθήνας φασὶν ἱδρῦσθαι χθονός.

ΧΟΡΟΣ.

τῆλε πρὸς δυσμαῖς ἄνακτος ῾Ηλίου φθινασμάτων.

ΑΤΟΣΣΑ.

ἀλλὰ μὴν ἵμειρ᾽ ἐμὸς παῖς τήνδε θηρᾶσαι πόλιν;

ΧΟΡΟΣ.

5 πᾶσα γὰρ γένοιτ᾽ ἂν ῾Ελλὰς βασιλέως ὑπήκοος.

ΑΤΟΣΣΑ.

ὧδέ τις πάρεστιν αὐτοῖς ἀνδροπλήθεια στρατοῦ;

ΧΟΡΟΣ.

καὶ στρατὸς τοιοῦτος ἔρξας πολλὰ δὴ Μήδους
κακά.

ΑΤΟΣΣΑ.

καὶ τί πρὸς τούτοισιν ἄλλο; πλοῦτος ἐξαρκὴς δό-
μοις;

ΧΟΡΟΣ.

ἀργύρου πηγή τις αὐτοῖς ἐστι, θησαυρὸς χθονός.

ΑΤΟΣΣΑ.

10 πότερα γὰρ τοξουλκὸς αἰχμὴ διὰ χερῶν αὐτοῖς
πρέπει ;

ΧΟΡΟΣ.

οὐδαμῶς · ἔγχη σταδαῖα καὶ φεράσπιδες σαγαί.

ΑΤΟΣΣΑ.

τίς δὲ ποιμάνωρ ἔπεστι κἀπιδεσπόζει στρατῷ ;

ΧΟΡΟΣ.

οὔτινος δοῦλοι κέκληνται φωτὸς οὐδ' ὑπήκοοι.

ΑΤΟΣΣΑ.

πῶς ἂν οὖν μένοιεν ἄνδρας πολεμίους ἐπήλυδας ;

ΧΟΡΟΣ.

15 ὥστε Δαρείου πολύν τε καὶ καλὸν φθεῖραι στρατόν.

PERSAE, 230-244.

132.

Clytemnestra informs the Argive elders of the fall of Troy.

ΚΛΥΤΑΙΜΝΗΣΤΡΑ.

Πεύσῃ δὲ χάρμα μεῖζον ἐλπίδος κλύειν ·
Πριάμου γὰρ ᾑρήκασιν Ἀργεῖοι πόλιν.

ΧΟΡΟΣ.

πῶς φῄς ; πέφευγε τοὔπος ἐξ ἀπιστίας.

ΚΛΥΤΑΙΜΝΗΣΤΡΑ.
Τροίαν Ἀχαιῶν οὖσαν· ἦ τορῶς λέγω ;

ΧΟΡΟΣ.
5 χαρά μ' ὑφέρπει δάκρυον ἐκκαλουμένη.

ΚΛΥΤΑΙΜΝΗΣΤΡΑ.
εὖ γὰρ φρονοῦντος ὄμμα σοῦ κατηγορεῖ.

ΧΟΡΟΣ.
τί γάρ ; τὸ πιστὸν ἔστι τῶνδέ σοι τέκμαρ ;

ΚΛΥΤΑΙΜΝΗΣΤΡΑ.
ἔστιν, τί δ' οὐχί ; μὴ δολώσαντος θεοῦ.

ΧΟΡΟΣ.
πότερα δ' ὀνείρων φάσματ' εὐπιθῆ σέβεις ;

ΚΛΥΤΑΙΜΝΗΣΤΡΑ.
10 οὐ δόξαν ἂν λάβοιμι βριζούσης φρενός.

ΧΟΡΟΣ.
ἀλλ' ἦ σ' ἐπίανέν τις ἄπτερος φάτις ;

ΚΛΥΤΑΙΜΝΗΣΤΡΑ.
παιδὸς νέας ὡς κάρτ' ἐμωμήσω φρένας.

ΧΟΡΟΣ.
ποίου χρόνου δὲ καὶ πεπόρθηται πόλις ;

ΚΛΥΤΑΙΜΝΗΣΤΡΑ.
τῆς νῦν τεκούσης φῶς τόδ' εὐφρόνης λέγω.

ΧΟΡΟΣ.
15 καὶ τίς τόδ' ἐξίκοιτ' ἂν ἀγγέλων τάχος ;

AGAMEMNON, 266-280.

133.

Athena declares Orestes acquitted of the charge of murder on which he has been brought before the Areopagus. His joy and gratitude.

ΑΘΗΝΑ.

Ἀνὴρ ὅδ' ἐκπέφευγεν αἵματος δίκην·
ἴσον γάρ ἐστι τἀρίθμημα τῶν πάλων.

ΟΡΕΣΤΗΣ.

ὦ Παλλάς, ὦ σώσασα τοὺς ἐμοὺς δόμους,
γαίας πατρῴας ἐστερημένον σύ τοι
5 κατῴκισάς με· καί τις Ἑλλήνων ἐρεῖ,
Ἀργεῖος ἀνὴρ αὖθις ἔν τε χρήμασιν
οἰκεῖ πατρῴοις, Παλλάδος καὶ Λοξίου
ἕκατι καὶ τοῦ πάντα κραίνοντος τρίτου
σωτῆρος, ὃς πατρῷον αἰδεσθεὶς μόρον
10 σῴζει με μητρὸς τάσδε συνδίκους ὁρῶν.
ἐγὼ δὲ χώρᾳ τῇδε καὶ τῷ σῷ στρατῷ
τὸ λοιπὸν εἰς ἅπαντα πλειστήρη χρόνον
ὁρκωμοτήσας νῦν ἄπειμι πρὸς δόμους
μήτοι τιν' ἄνδρα δεῦρο πρυμνήτην χθονὸς
15 ἐλθόντ' ἐποίσειν εὖ κεκασμένον δόρυ.

EUMENIDES, 752–766.

134.

Antigone declares that she will bury the dishonoured body of her brother Polynices.

ΑΝΤΙΓΟΝΗ.

Ἐγὼ δὲ Καδμείων γε προστάταις λέγω·
ἢν μή τις ἄλλος τόνδε συνθάπτειν θέλῃ,
ἐγώ σφε θάψω κἀνὰ κίνδυνον βαλῶ
θάψασ' ἀδελφὸν τὸν ἐμόν, οὐδ' αἰσχύνομαι
5 ἔχουσ' ἄπιστον τήνδ' ἀναρχίαν πόλει·
δεινὸν τὸ κοινὸν σπλάγχνον, οὗ πεφύκαμεν,
μητρὸς ταλαίνης κἀπὸ δυστήνου πατρός.
τοιγὰρ θέλουσ' ἄκοντι κοινώνει κακῶν,
ψυχή, θανόντι ζῶσα συγγόνῳ φρενί.
10 τούτου δὲ σάρκας οὐδὲ κοιλογάστορες
λύκοι πάσονται· μὴ δοκησάτω τινί.
τάφον γὰρ αὐτὴ καὶ κατασκαφὰς ἐγώ,
γυνή περ οὖσα, τῷδε μηχανήσομαι
κόλπῳ φέρουσα βυσσίνου πεπλώματος,
15 καὐτὴ καλύψω. μηδέ τῳ δόξῃ πάλιν·
θάρσει παρέσται μηχανὴ δραστήριος.

ΚΗΡΥΞ.

αὐδῶ πόλιν σε μὴ βιάζεσθαι τάδε.

ΑΝΤΙΓΟΝΗ.

αὐδῶ σε μὴ περισσὰ κηρύσσειν ἐμοί.

SEPTEM, 1026-1041.

135.

Orestes is for an instant shaken in his determination to kill his mother; but Pylades strengthens his resolution, and Orestes sternly bids Clytemnestra follow him to the dead body of Aegisthus.

ΟΡΕΣΤΗΣ.

Πυλάδη, τί δράσω; μητέρ' αἰδεσθῶ κτανεῖν;

ΠΥΛΑΔΗΣ.

ποῦ δαὶ τὰ λοιπὰ Λοξίου μαντεύματα
τὰ πυθόχρηστα, πιστὰ δ' εὐορκώματα;
ἅπαντας ἐχθροὺς τῶν θεῶν ἡγοῦ πλέον.

ΟΡΕΣΤΗΣ.

5 κρίνω σε νικᾶν, καὶ παραινεῖς μοι καλῶς.
ἕπου, πρὸς αὐτὸν τόνδε σε σφάξαι θέλω·
καὶ ζῶντα γάρ νιν κρείσσον' ἡγήσω πατρός.
τούτῳ θανοῦσα συγκάθευδ', ἐπεὶ φιλεῖς
τὸν ἄνδρα τοῦτον, ὃν δὲ χρῆν φιλεῖν στυγεῖς.

ΚΛΥΤΑΙΜΝΗΣΤΡΑ.

10 ἐγώ σ' ἔθρεψα, σὺν δὲ γηρᾶναι θέλω.

ΟΡΕΣΤΗΣ.

πατροκτονοῦσα γὰρ ξυνοικήσεις ἐμοί;

ΚΛΥΤΑΙΜΝΗΣΤΡΑ.

ἡ Μοῖρα τούτων, ὦ τέκνον, παραιτία.

ΟΡΕΣΤΗΣ.

καὶ τόνδε τοίνυν Μοῖρ᾽ ἐπόρσυνεν μόρον.

ΚΛΥΤΑΙΜΝΗΣΤΡΑ.

οὐδὲν σεβίζῃ γενεθλίους ἀράς, τέκνον ;

ΟΡΕΣΤΗΣ.

15 τεκοῦσα γάρ μ᾽ ἔρριψας ἐς τὸ δυστυχές.

ΚΛΥΤΑΙΜΝΗΣΤΡΑ.

οὔτοι σ᾽ ἀπέρριψ᾽ εἰς δόμους δορυξένους.

CHOEPHOROE, 899-914.

136.

Orestes, at the command of Athena, makes known his land and race, and confesses that, in revenge for the death of Agamemnon, he slew his mother.

ΟΡΕΣΤΗΣ.

Γένος δὲ τοὐμὸν ὡς ἔχει πεύσῃ τάχα.
Ἀργεῖός εἰμι, πατέρα δ᾽ ἱστορεῖς καλῶς,
Ἀγαμέμνον᾽, ἀνδρῶν ναυβατῶν ἁρμόστορα,
ξὺν ᾧ σὺ Τροίαν ἄπολιν Ἰλίου πόλιν
5 ἔθηκας. ἔφθιθ᾽ οὗτος οὐ καλῶς, μολὼν
ἐς οἶκον, ἀλλά νιν κελαινόφρων ἐμὴ
μήτηρ κατέκτα, ποικίλοις ἀγρεύμασιν
κρύψασ᾽, ἃ λουτρῶν ἐξεμαρτύρει φόνον.
κἀγὼ κατελθών, τὸν πρὸ τοῦ φεύγων χρόνον,
10 ἔκτεινα τὴν τεκοῦσαν, οὐκ ἀρνήσομαι,

ἀντικτόνοις ποιναῖσι φιλτάτου πατρός.
καὶ τῶνδε κοινῇ Λοξίας ἐπαίτιος,
ἄλγη προφωνῶν ἀντίκεντρα καρδίᾳ,
εἰ μή τι τῶνδ' ἔρξαιμι τοὺς ἐπαιτίους.
15 σὺ δ', εἰ δικαίως εἴτε μή, κρῖνον δίκην·
πράξας γὰρ ἐν σοὶ πανταχῇ τάδ' αἰνέσω.

EUMENIDES, 454-469.

137.

The Chorus of Nymphs sympathize with Prometheus, who has just told them how he rescued mortals from the thunder-bolts of Zeus, and question him about his further benefactions to man.

ΧΟΡΟΣ.

Σιδηρόφρων τε κἀκ πέτρας εἰργασμένος
ὅστις, Προμηθεῦ, σοῖσιν οὐ συνασχαλᾷ
μόχθοις· ἐγὼ γὰρ οὔτ' ἂν εἰσιδεῖν τάδε
ἔχρῃζον εἰσιδοῦσά τ' ἠλγύνθην κέαρ.

ΠΡΟΜΗΘΕΥΣ.

5 καὶ μὴν φίλοις ἐλεινὸς εἰσορᾶν ἐγώ.

ΧΟΡΟΣ.

μή πού τι προύβης τῶνδε καὶ περαιτέρω;

ΠΡΟΜΗΘΕΥΣ.

θνητοὺς ἔπαυσα μὴ προδέρκεσθαι μόρον.

ΧΟΡΟΣ.

τὸ ποῖον εὑρὼν τῆσδε φάρμακον νόσου ;

ΠΡΟΜΗΘΕΤΣ.

τυφλὰς ἐν αὐτοῖς ἐλπίδας κατῴκισα.

ΧΟΡΟΣ.

10 μέγ᾽ ὠφέλημα τοῦτ᾽ ἐδωρήσω βροτοῖς.

ΠΡΟΜΗΘΕΤΣ.

πρὸς τοῖσδε μέντοι πῦρ ἐγώ σφιν ὤπασα.

ΧΟΡΟΣ.

καὶ νῦν φλογωπὸν πῦρ ἔχουσ᾽ ἐφήμεροι ;

ΠΡΟΜΗΘΕΤΣ.

ἀφ᾽ οὗ γε πολλὰς ἐκμαθήσονται· τέχνας.

ΧΟΡΟΣ.

τοιοῖσδε δή σε Ζεὺς ἐπ᾽ αἰτιάμασιν —

ΠΡΟΜΗΘΕΤΣ.

15 αἰκίζεταί τε κοὐδαμῆ χαλᾷ κακῶν.

ΧΟΡΟΣ.

οὐδ᾽ ἔστιν ἄθλου τέρμα σοι προκείμεμον ;

ΠΡΟΜΗΘΕΤΣ.

οὐκ ἄλλο γ᾽ οὐδέν, πλὴν ὅταν κείνῳ δοκῇ.

PROMETHEUS VINCTUS, 242-258.

138.

The morning of Salamis.

ΑΓΓΕΛΟΣ.

Ἐπεὶ δὲ φέγγος ἡλίου κατέφθιτο
καὶ νὺξ ἐπῄει, πᾶς ἀνὴρ κώπης ἄναξ
ἐς ναῦν ἐχώρει, πᾶς δ᾽ ὅπλων ἐπιστάτης.
τάξις δὲ τάξιν παρεκάλει νεὼς μακρᾶς,
5 πλέουσι δ᾽ ὡς ἕκαστος ἦν τεταγμένος.
καὶ πάννυχοι δὴ διάπλοον καθίστασαν
ναῶν ἄνακτες πάντα ναυτικὸν λεών.
καὶ νὺξ ἐχώρει, κοὐ μάλ᾽ Ἑλλήνων στρατὸς
κρυφαῖον ἔκπλουν οὐδαμῇ καθίστατο·
10 ἐπεί γε μέντοι λευκόπωλος ἡμέρα
πᾶσαν κατέσχε γαῖαν εὐφεγγὴς ἰδεῖν,
πρῶτον μὲν ἠχῇ κέλαδος Ἑλλήνων πάρα
μολπηδὸν ηὐφήμησεν, ὄρθιον δ᾽ ἅμα
ἀντηλάλαξε νησιώτιδος πέτρας
15 ἠχώ· φόβος δὲ πᾶσι βαρβάροις παρῆν
γνώμης ἀποσφαλεῖσιν· οὐ γὰρ ὡς φυγῇ
παιᾶν᾽ ἐφύμνουν σεμνὸν Ἕλληνες τότε,
ἀλλ᾽ ἐς μάχην ὁρμῶντες εὐψύχῳ θράσει.

PERSAE, 377–394.

139.

Electra, being about to pour libations at her father's tomb,
asks her handmaidens what her prayer should be.

ΗΛΕΚΤΡΑ.

Δμωαὶ γυναῖκες, δωμάτων εὐθήμονες,
ἐπεὶ πάρεστε τῆσδε προστροπῆς ἐμοὶ
πομποί, γένεσθε τῶνδε σύμβουλοι πέρι·
τύμβῳ χέουσα τάσδε κηδείους χοὰς
5 πῶς εὔφρον' εἴπω, πῶς κατεύξωμαι πατρί;
πότερα λέγουσα παρὰ φίλης φίλῳ φέρειν
γυναικὸς ἀνδρί, τῆς ἐμῆς μητρὸς πάρα;
τῶνδ' οὐ πάρεστι θάρσος, οὐδ' ἔχω τί φῶ
χέουσα τόνδε πέλανον ἐν τύμβῳ πατρός.
10 ἢ τοῦτο φάσκω τοὔπος, ὡς νόμος βροτοῖς
ἔστ' ἀντιδοῦναι τοῖσι πέμπουσιν τάδε
στέφη, δόσιν γε τῶν κακῶν ἐπαξίαν;
ἢ σῖγ' ἀτίμως, ὥσπερ οὖν ἀπώλετο
πατήρ, τάδ' ἐκχέασα, γάποτον χύσιν,
15 στείχω, καθάρμαθ' ὥς τις ἐκπέμψας, πάλιν
δικοῦσα τεῦχος ἀστρόφοισιν ὄμμασιν;
τῆσδ' ἔστε βουλῆς, ὦ φίλαι, μεταίτιαι·
κοινὸν γὰρ ἔχθος ἐν δόμοις νομίζομεν.

CHOEPHOROE, 84–101.

140.

The prayer of Electra at her father's tomb.

ΗΛΕΚΤΡΑ.

Κῆρυξ μέγιστε τῶν ἄνω τε καὶ κάτω,
ἄρηξον, Ἑρμῆ χθόνιε, κηρύξας ἐμοὶ
τοὺς γῆς ἔνερθε δαίμονας κλύειν ἐμὰς
εὐχάς, πατρῴων αἱμάτων ἐπισκόπους,
5 καὶ γαῖαν αὐτήν, ἣ τὰ πάντα τίκτεται
θρέψασά τ' αὖθις τῶνδε κῦμα λαμβάνει.
κἀγὼ χέουσα τάσδε χέρνιβας βροτοῖς
λέγω καλοῦσα πατέρ', ἐποίκτειρόν τ' ἐμὲ
φίλον τ' Ὀρέστην πῶς ἀνάξομεν δόμοις.
10 πεπραμένοι γὰρ νῦν γέ πως ἀλώμεθα
πρὸς τῆς τεκούσης, ἄνδρα δ' ἀντηλλάξατο
Αἴγισθον, ὅσπερ σοῦ φόνου μεταίτιος.
κἀγὼ μὲν ἀντίδουλος· ἐκ δὲ χρημάτων
φεύγων Ὀρέστης ἐστίν, οἱ δ' ὑπερκόπως
15 ἐν τοῖσι σοῖς πόνοισι χλίουσιν μέγα.
ἐλθεῖν δ' Ὀρέστην δεῦρο σὺν τύχῃ τινὶ
κατεύχομαί σοι, καὶ σὺ κλῦθί μου, πάτερ·
αὐτῇ τέ μοι δὸς σωφρονεστέραν πολὺ
μητρὸς γενέσθαι χεῖρά τ' εὐσεβεστέραν.

CHOEPHOROE, 123–141.

141.

Prometheus tells how, when the Titans refused to abandon
force and resort to cunning, he had himself sided with Zeus.

ΠΡΟΜΗΘΕΤΣ.

Ἐπεὶ τάχιστ' ἤρξαντο δαίμονες χόλου
στάσις τ' ἐν ἀλλήλοισιν ὠροθύνετο,
οἳ μὲν θέλοντες ἐκβαλεῖν ἕδρας Κρόνον,
ὡς Ζεὺς ἀνάσσοι δῆθεν, οἳ δὲ τοὔμπαλιν
5 σπεύδοντες ὡς Ζεὺς μήποτ' ἄρξειεν θεῶν,
ἐνταῦθ' ἐγὼ τὰ λῷστα βουλεύων πιθεῖν
Τιτᾶνας, Οὐρανοῦ τε καὶ Χθονὸς τέκνα,
οὐκ ἠδυνήθην· αἱμύλας δὲ μηχανὰς
ἀτιμάσαντες καρτεροῖς φρονήμασιν
10 ᾤοντ' ἀμοχθὶ πρὸς βίαν τε δεσπόσειν.
ἐμοὶ δὲ μήτηρ οὐχ ἅπαξ μόνον Θέμις
καὶ Γαῖα, πολλῶν ὀνομάτων μορφὴ μία,
τὸ μέλλον ᾗ κραίνοιτο προυτεθεσπίκει,
ὡς οὐ κατ' ἰσχὺν οὐδὲ πρὸς τὸ καρτερὸν
15 χρείη, δόλῳ δὲ τοὺς ὑπερέχοντας κρατεῖν.
τοιαῦτ' ἐμοῦ λόγοισιν ἐξηγουμένου
οὐκ ἠξίωσαν οὐδὲ προσβλέψαι τὸ πᾶν.
κράτιστα δή μοι τῶν παρεστώτων τότε
ἐφαίνετ' εἶναι προσλαβόντι μητέρα
20 ἑκόνθ' ἑκόντι Ζηνὶ συμπαραστατεῖν.

PROMETHEUS VINCTUS, 199-218.

142.

Prometheus declares his identity to Io, who begs him to reveal to her the end of her wanderings.

ΠΡΟΜΗΘΕΥΣ.

Λέξω τορῶς σοι πᾶν ὅπερ χρῄζεις μαθεῖν,
οὐκ ἐμπλέκων αἰνίγματ', ἀλλ' ἁπλῷ λόγῳ,
ὥσπερ δίκαιον πρὸς φίλους οἴγειν στόμα·
πυρὸς βροτοῖς δοτῆρ' ὁρᾷς Προμηθέα.

ΙΩ.

5 ὦ κοινὸν ὠφέλημα θνητοῖσιν φανείς,
τλῆμον Προμηθεῦ, τοῦ δίκην πάσχεις τάδε ;

ΠΡΟΜΗΘΕΥΣ.

ἁρμοῖ πέπαυμαι τοὺς ἐμοὺς θρηνῶν πόνους.

ΙΩ.

οὔκουν πόροις ἂν τήνδε δωρεὰν ἐμοί ;

ΠΡΟΜΗΘΕΥΣ.

λέγ' ἥντιν' αἰτῇ· πᾶν γὰρ οὖν πύθοιό μου.

ΙΩ.

10 σήμηνον ὅστις ἐν φάραγγί σ' ὤχμασεν.

ΠΡΟΜΗΘΕΥΣ.

βούλευμα μὲν τὸ Δῖον, Ἡφαίστου δὲ χείρ.

ΙΩ.

ποινὰς δὲ ποίων ἀμπλακημάτων τίνεις ;

ΠΡΟΜΗΘΕΤΣ.

τοσοῦτον ἀρκῶ σοι σαφηνίσαι μόνον.

ΙΩ.

καὶ πρός γε τούτοις τέρμα τῆς ἐμῆς πλάνης
15 δεῖξον τίς ἔσται τῇ ταλαιπώρῳ χρόνος.

ΠΡΟΜΗΘΕΤΣ.

τὸ μὴ μαθεῖν σοι κρεῖσσον ἢ μαθεῖν τάδε.

ΙΩ.

μήτοι με κρύψῃς τοῦθ' ὅπερ μέλλω παθεῖν.

ΠΡΟΜΗΘΕΤΣ.

ἀλλ' οὐ μεγαίρω τοῦδε τοῦ δωρήματος.

ΙΩ.

τί δῆτα μέλλεις μὴ οὐ γεγωνίσκειν τὸ πᾶν ;

ΠΡΟΜΗΘΕΤΣ.

20 φθόνος μὲν οὐδείς, σὰς δ' ὀκνῶ θρᾶξαι φρένας.

ΙΩ.

μή μου προκήδου μᾶσσον ὧν ἐμοὶ γλυκύ.

ΠΡΟΜΗΘΕΤΣ.

ἐπεὶ προθυμεῖ, χρὴ λεγεῖν · ἄκουε δή.

PROMETHEUS VINCTUS, 609–625.

143.

The arrival of Agamemnon's Herald at Argos.

ΚΗΡΥΞ.

Ἰὼ πατρῷον οὖδας Ἀργείας χθονός,
δεκάτῳ σε φέγγει τῷδ' ἀφικόμην ἔτους,
πολλῶν ῥαγεισῶν ἐλπίδων μιᾶς τυχών·
οὐ γάρ ποτ' ηὔχουν τῇδ' ἐν Ἀργείᾳ χθονὶ
5 θανὼν μεθέξειν φιλτάτου τάφου μέρος.
νῦν χαῖρε μὲν χθών, χαῖρε δ' ἡλίου φάος,
ὕπατός τε χώρας Ζεὺς ὁ Πύθιός τ' ἄναξ,
τόξοις ἰάπτων μηκέτ' εἰς ἡμᾶς βέλη·
ἅλις παρὰ Σκάμανδρον ἦσθ' ἀνάρσιος·
10 νῦν δ' αὖτε σωτὴρ ἴσθι καὶ παιώνιος,
ἄναξ Ἄπολλον. τούς τ' ἀγωνίους θεοὺς
πάντας προσαυδῶ, τόν τ' ἐμὸν τιμάορον
Ἑρμῆν, φίλον κήρυκα, κηρύκων σέβας,
ἥρως τε τοὺς πέμψαντας, εὐμενεῖς πάλιν
15 στρατὸν δέχεσθαι τὸν λελειμμένον δορός.
ἰὼ μέλαθρα βασιλέων, φίλαι στέγαι,
σεμνοί τε θᾶκοι, δαίμονές τ' ἀντήλιοι,
εἴ που πάλαι, φαιδροῖσι τοισίδ' ὄμμασι
δέξασθε κόσμῳ βασιλέα πολλῷ χρόνῳ.
20 ἥκει γὰρ ὑμῖν φῶς ἐν εὐφρόνῃ φέρων
καὶ τοῖσδ' ἅπασι κοινὸν Ἀγαμέμνων ἄναξ.

AGAMEMNON, 503–523.

144.

Oceanus advises moderation and submission, and promises his help to Prometheus.

ΩΚΕΑΝΟΣ.

Ὁρῶ, Προμηθεῦ, καὶ παραινέσαι γέ σοι
θέλω τὰ λῷστα, καίπερ ὄντι ποικίλῳ.
γίγνωσκε σαυτὸν καὶ μεθάρμοσαι τρόπους
νέους· νέος γὰρ καὶ τύραννος ἐν θεοῖς.
5 εἰ δ' ὧδε τραχεῖς καὶ τεθηγμένους λόγους
ῥίψεις, τάχ' ἄν σου καὶ μακρὰν ἀνωτέρω
θακῶν κλύοι Ζεύς, ὥστε σοι τὸν νῦν χόλον
παρόντα μόχθων παιδιὰν εἶναι δοκεῖν.
ἀλλ', ὦ ταλαίπωρ', ἃς ἔχεις ὀργὰς ἄφες,
10 ζήτει δὲ τῶνδε πημάτων ἀπαλλαγάς.
ἀρχαῖ' ἴσως σοι φαίνομαι λέγειν τάδε·
τοιαῦτα μέντοι τῆς ἄγαν ὑψηγόρου
γλώσσης, Προμηθεῦ, τἀπίχειρα γίγνεται.
σὺ δ' οὐδέπω ταπεινὸς οὐδ' εἴκεις κακοῖς,
15 πρὸς τοῖς παροῦσι δ' ἄλλα προσλαβεῖν θέλεις.
οὔκουν ἔμοιγε χρώμενος διδασκάλῳ
πρὸς κέντρα κῶλον ἐκτενεῖς, ὁρῶν ὅτι
τραχὺς μόναρχος οὐδ' ὑπεύθυνος κρατεῖ.
καὶ νῦν ἐγὼ μὲν εἶμι καὶ πειράσομαι
20 ἐὰν δύνωμαι τῶνδέ σ' ἐκλῦσαι πόνων·
σὺ δ' ἡσύχαζε μηδ' ἄγαν λαβροστόμει.

PROMETHEUS VINCTUS, 307–327.

145.

Danaus advises his daughters to address the King of Argos, whom he sees approaching in the distance, as suppliants.

ΔΑΝΑΟΣ.

Παῖδες, φρονεῖν χρή· ξὺν φρονοῦντι δ᾽ ἥκετε
πιστῷ γέροντι τῷδε ναυκλήρῳ πατρί.
καὶ τἀπὶ χέρσου νῦν προμηθίαν λαβὼν
αἰνῶ φυλάξαι τἄμ᾽ ἔπη δελτουμένας.
5 ὁρῶ κόνιν, ἄναυδον ἄγγελον στρατοῦ,
σύριγγες οὐ σιγῶσιν ἀξονήλατοι·
ὄχλον δ᾽ ὑπασπιστῆρα καὶ δορυσσόον
λεύσσω, ξὺν ἵπποις καμπύλοις τ᾽ ὀχήμασι·
τάχ᾽ ἂν πρὸς ἡμᾶς τῆσδε γῆς ἀρχηγέται
10 ὀπτῆρες εἶεν ἀγγέλων πεπυσμένοι.
ἀλλ᾽ εἴτ᾽ ἀπήμων εἴτε καὶ τεθηγμένος
ὠμῇ ξὺν ὀργῇ τόνδ᾽ ἐπόρνυται στόλον,
ἄμεινόν ἐστι παντὸς εἵνεκ᾽, ὦ κόραι,
πάγον προσίζειν τόνδ᾽ ἀγωνίων θεῶν.
15 κρεῖσσον δὲ πύργου βωμός, ἄρρηκτον σάκος.
ἀλλ᾽ ὡς τάχιστα βᾶτε, καὶ λευκοστεφεῖς
ἱκετηρίας, ἀγάλματ᾽ αἰδοίου Διός,
σεμνῶς ἔχουσαι διὰ χερῶν εὐωνύμων,
αἰδοῖα καὶ γοεδνὰ καὶ ζαχρεῖ᾽ ἔπη
20 ξένους ἀμείβεσθ᾽, ὡς ἐπήλυδας πρέπει,
τορῶς λέγουσαι τάσδ᾽ ἀναιμάκτους φυγάς.

SUPPLICES, 176-196.

146.

The night before Salamis. The King falls into the snare of Themistocles.

ΑΤΟΣΣΑ.

Ἀρχὴ δὲ ναυσὶ συμβολῆς τίς ἦν φράσον·
τίνες κατῆρξαν, πότερον Ἕλληνες, μάχης,
ἢ παῖς ἐμός, πλήθει καταυχήσας νεῶν ;

ΑΓΓΕΛΟΣ.

ἦρξεν μέν, ὦ δέσποινα, τοῦ παντὸς κακοῦ
5 φανεὶς ἀλάστωρ ἢ κακὸς δαίμων ποθέν.
ἀνὴρ γὰρ Ἕλλην ἐξ Ἀθηναίων στρατοῦ
ἐλθὼν ἔλεξε παιδὶ σῷ Ξέρξῃ τάδε,
ὡς εἰ μελαίνης νυκτὸς ἵξεται κνέφας,
Ἕλληνες οὐ μενοῖεν, ἀλλὰ σέλμασι
10 νεῶν ἐπενθορόντες ἄλλος ἄλλοσε
δρασμῷ κρυφαίῳ βίοτον ἐκσωσοίατο.
ὁ δ' εὐθὺς ὡς ἤκουσεν, οὐ ξυνεὶς δόλον
Ἕλληνος ἀνδρὸς οὐδὲ τὸν θεῶν φθόνον,
πᾶσιν προφωνεῖ τόνδε ναυάρχοις λόγον,
15 εὖτ' ἂν φλέγων ἀκτῖσιν ἥλιος χθόνα
λήξῃ, κνέφας δὲ τέμενος αἰθέρος λάβῃ,
τάξαι νεῶν στῖφος μὲν ἐν στοίχοις τρισίν,
ἔκπλους φυλάσσειν καὶ πόρους ἁλιρρόθους,
ἄλλας δὲ κύκλῳ νῆσον Αἴαντος πέριξ·
20 ὡς εἰ μόρον φευξοίαθ' Ἕλληνες κακόν,

ναυσὶν κρυφαίως δρασμὸν εὑρόντες τινά,
πᾶσιν στέρεσθαι κρατὸς ἦν προκείμενον.

PERSAE, 350–371.

147.

Orestes communicates to the Chorus and to Electra his plan
for gaining admission to the palace in order to take vengeance
on Aegisthus and Clytemnestra.

ΟΡΕΣΤΗΣ.

Ἁπλοῦς ὁ μῦθος· τήνδε μὲν στείχειν ἔσω.
αἰνῶ δὲ κρύπτειν τάσδε συνθήκας ἐμάς,
ὡς ἂν δόλῳ κτείναντες ἄνδρα τίμιον
δόλῳ τε καὶ ληφθῶσιν ἐν ταὐτῷ βρόχῳ
5 θανόντες, ᾗ καὶ Λοξίας ἐφήμισεν,
ἄναξ Ἀπόλλων, μάντις ἀψευδὴς τὸ πρίν.
ξένῳ γὰρ εἰκώς, παντελῆ σάγην ἔχων,
ἥξω σὺν ἀνδρὶ τῷδ᾽ ἐφ᾽ ἑρκείους πύλας
Πυλάδῃ, ξένος τε καὶ δορύξενος δόμων.
10 ἄμφω δὲ φωνὴν ἥσομεν Παρνησσίδα,
γλώσσης αὐτὴν Φωκίδος μιμουμένω.
καὶ δὴ θυρωρῶν οὔτις ἂν φαιδρᾷ φρενὶ
δέξαιτ᾽, ἐπειδὴ δαιμονᾷ δόμος κακοῖς·
μενοῦμεν οὕτως ὥστ᾽ ἐπεικάζειν τινὰ
15 δόμους παραστείχοντα ταὶ τάδ᾽ ἐννέπειν·
τί δὴ πύλαισι τὸν ἱκέτην ἀπείργεται

Αἴγισθος, εἴπερ οἶδεν ἔνδημος παρών;
εἰ δ' οὖν ἀμείψω βαλὸν ἑρκείων πυλῶν
κἀκεῖνον ἐν θρόνοισιν εὑρήσω πατρός,
20 ἢ καὶ μολὼν ἔπειτά μοι κατὰ στόμα
ἀρεῖ, σάφ' ἴσθι, καὶ κατ' ὀφθαλμοὺς βαλεῖ,
πρὶν αὐτὸν εἰπεῖν· ποδαπὸς ὁ ξένος; νεκρὸν
θήσω ποδώκει περιβαλὼν χαλκεύματι.

CHOEPHOROS, 554-576.

148.

The prophetic dream of Queen Atossa.

ΑΤΟΣΣΑ.

Πολλοῖς μὲν ἀεὶ νυκτέροις ὀνείρασι
ξύνειμ', ἀφ' οὗπερ παῖς ἐμὸς στείλας στρατὸν
Ἰαόνων γῆν οἴχεται πέρσαι θέλων·
ἀλλ' οὔτι πω τοιόνδ' ἐναργὲς εἰδόμην
5 ὡς τῆς πάροιθεν εὐφρόνης, λέξω δέ σοι.
ἐδοξάτην μοι δύο γυναῖκ' εὐείμονε,
ἡ μὲν πέπλοισι Περσικοῖς ἠσκημένη,
ἡ δ' αὖτε Δωρικοῖσιν, εἰς ὄψιν μολεῖν,
μεγέθει τε τῶν νῦν ἐκπρεπεστάτα πολὺ
10 κάλλει τ' ἀμώμω, καὶ κασιγνήτα γένους
ταὐτοῦ· πάτραν δ' ἔναιον ἡ μὲν Ἑλλάδα

κλήρῳ λαχοῦσα γαῖαν, ἣ δὲ βάρβαρον.
τούτω στάσιν τιν᾽, ὡς ἐγὼ 'δόκουν ὁρᾶν,
τεύχειν ἐν ἀλλήλαισι· παῖς δ᾽ ἐμὸς μαθὼν
15 κατεῖχε κἀπράυνεν, ἅρμασιν δ᾽ ὕπο
ζεύγνυσιν αὐτὼ καὶ λέπαδν᾽ ἐπ᾽ αὐχένων
τίθησι.   χἣ μὲν τῇδ᾽ ἐπυργοῦτο στολῇ
ἐν ἡνίαισί τ᾽ εἶχεν εὔαρκτον στόμα,
ἣ δ᾽ ἐσφάδαζε, καὶ χεροῖν ἔντη δίφρου
20 διασπαράσσει, καὶ ξυναρπάζει βίᾳ
ἄνευ χαλινῶν καὶ ζυγὸν θραύει μέσον.
πίπτει δ᾽ ἐμὸς παῖς, καὶ πατὴρ παρίσταται
Δαρεῖος οἰκείρων σφε· τὸν δ᾽ ὅπως ὁρᾷ
Ξέρξης, πέπλους ῥήγνυσιν ἀμφὶ σώματι.

PERSAE, 176–199.

149.

Eteocles hears that the righteous prophet Amphiaraus
besets the sixth gate of Thebes.

ΑΓΓΕΛΟΣ.

Τοιαῦθ᾽ ὁ μάντις ἀσπίδ᾽ εὔκυκλον νέμων
πάγχαλκον ηὔδα· σῆμα δ᾽ οὐκ ἐπῆν κύκλῳ.
οὐ γὰρ δοκεῖν ἄριστος ἀλλ᾽ εἶναι θελει,
βαθεῖαν ἄλοκα διὰ φρενὸς καρπούμενος,
5 ἐξ ἧς τὰ κεδνὰ βλαστάνει βουλεύματα.

τούτῳ σοφούς τε κἀγαθοὺς ἀντηρέτας
πέμπειν ἐπαινῶ· δεινὸς ὃς θεοὺς σέβει.

ΕΤΕΟΚΛΗΣ.

φεῦ τοῦ ξυναλλάσσοντος ὄρνιθος βροτοῖς
δίκαιον ἄνδρα τοῖσι δυσσεβεστάτοις.
10 ἐν παντὶ πράγει δ᾽ ἔσθ᾽ ὁμιλίας κακῆς
κάκιον οὐδέν, καρπὸς οὐ κομιστέος·
ἄτης ἄρουρα θάνατον ἐκκαρπίζεται.
ἢ γὰρ ξυνεισβὰς πλοῖον εὐσεβὴς ἀνὴρ
ναύταισι θερμοῖς καὶ πανουργίᾳ τινὶ
15 ὄλωλεν ἀνδρῶν σὺν θεοπτύστῳ γένει,
ἢ ξὺν πολίταις ἀνδράσιν δίκαιος ὢν
ἐχθροξένοις τε καὶ θεῶν ἀμνήμοσι
ταὐτοῦ κυρήσας ἐκδίκως ἀγρεύματος,
πληγεὶς θεοῦ μάστιγι παγκοίνῳ ᾽δάμη.
20 οὕτως δ᾽ ὁ μάντις, υἱὸν Οἰκλέους λέγω,
σώφρων δίκαιος ἀγαθὸς εὐσεβὴς ἀνήρ,
μέγας προφήτης, ἀνοσίοισι συμμιγεὶς
θρασυστόμοισιν ἀνδράσιν βίᾳ φρενῶν
τείνουσι πομπὴν τὴν μακρὰν πάλιν μολεῖν
25 Διὸς θέλοντος συγκαθελκυσθήσεται.

SEPTEM, 590–614.

150.

The Ghost of Darius asks the Chorus of Elders and Queen
Atossa what new disaster has befallen the Persians.

ΔΑΡΕΙΟΣ.

Ὦ πιστὰ πιστῶν ἥλικές θ᾽ ἥβης ἐμῆς
Πέρσαι γεραιοί, τίνα πόλις πονεῖ πόνον ;
στένει, κέκοπται, καὶ χαράσσεται πέδον.
λεύσσων δ᾽ ἄκοιτιν τὴν ἐμὴν τάφου πέλας
5 ταρβῶ, χοὰς δὲ πρευμενὴς ἐδεξάμην.
ὑμεῖς δὲ θρηνεῖτ᾽ ἐγγὺς ἐστῶτες τάφου
καὶ ψυχαγωγοῖς ὀρθιάζοντες γόοις
οἰκτρῶς καλεῖσθέ μ᾽, ἐστὶ δ᾽ οὐκ εὐέξοδον,
ἄλλως τε πάντως χοὶ κατὰ χθονὸς θεοὶ
10 λαβεῖν ἀμείνους εἰσὶν ἢ μεθιέναι.
ὅμως δ᾽ ἐκείνοις ἐνδυναστεύσας ἐγὼ
ἥκω · τάχυνε δ᾽, ὡς ἄμεμπτος ὦ χρόνου.
τί ἐστι Πέρσαις νεοχμὸν ἐμβριθὲς κακόν ;

ΧΟΡΟΣ.

σέβομαι μὲν προσιδέσθαι,
15 σέβομαι δ᾽ ἀντία λέξαι
σέθεν ἀρχαίῳ περὶ τάρβει.

ΔΑΡΕΙΟΣ.

ἀλλ᾽ ἐπεὶ κάτωθεν ἦλθον σοῖς γόοις πεπεισμένος,

μή τι μακιστῆρα μῦθον, ἀλλὰ σύντομον λέγων
εἰπὲ καὶ πέραινε πάντα, τὴν ἐμὴν αἰδῶ μεθείς.

ΧΟΡΟΣ.

20 δίεμαι μὲν χαρίσασθαι,
δίεμαι δ᾽ ἀντία φάσθαι,
λέξας δύσλεκτα φίλοισιν.

ΔΑΡΕΙΟΣ.

ἀλλ᾽ ἐπεὶ δέος παλαιὸν σοὶ φρενῶν ἀνθίσταται,
τῶν ἐμῶν λέκτρων γεραιὰ ξύννομ᾽, εὐγενὲς γύναι,
25 κλαυμάτων λήξασα τῶνδε καὶ γόων σαφές τί μοι
λέξον. ἀνθρώπεια δ᾽ ἄν τοι πήματ᾽ ἂν τύχοι
βροτοῖς.
πολλὰ μὲν γὰρ ἐκ θαλάσσης, πολλὰ δ᾽ ἐκ χέρσου
κακὰ
γίγνεται θνητοῖς, ὁ μάσσων βίοτος ἢν ταθῇ πρόσω.

PERSAE, 681-708.

ADVERTISEMENTS.

GREEK TEXT-BOOKS.

Goodwin's Greek Grammar.

By WILLIAM W. GOODWIN, Ph.D., Eliot Professor of Greek Literature
in Harvard College. Revised and Enlarged Edition. Published in
December, 1879. 12mo. Half morocco. 425 pages. Mailing Price,
$1.65; Introduction, $1.50; Allowance for old book, 50 cents.

THE object of this Grammar is to state *general principles* clearly
and distinctly, with special regard to those who are preparing
for college.

In the new edition many important changes have been made.
The part relating to the inflection of the Verb has been entirely
rewritten, and increased from fifty to one hundred pages. Part
III., on the Formation of Words, has been added in this edition.
Part V., on Versification, is almost entirely new, and follows to a
great extent the principles of J. H. H. Schmidt's *Rhythmic and
Metric*. The other parts, especially the Syntax, have been thor-
oughly revised, and numerous additions have been made. The
Catalogue of Verbs has been greatly enlarged, and each verb is
now referred to its proper class in the classification of G. Curtius,
which is adopted in the Grammar itself. The sections on the Syntax
of the Verb are generally condensed from the author's larger work
on the Greek Moods and Tenses, to which advanced students, and
especially teachers, are referred for a fuller exposition of many
matters which are merely hinted at in the Elementary Grammar.

This new edition has been published also by Macmillan & Co. in
London, and is commended by British authorities as "the best
Greek Grammar of its size in the English language."

Martin L. D'Ooge, *Professor of
Greek in the University of Michigan:*
The Grammar, it seems to me, hits
the exact mean between a book of
reference and a bare outline. It
gives results concisely and yet fully
and clearly. Its treatment of the in-
flection of the verb is especially skil-
ful and clear. I know of no Greek
grammar for English-speaking stu-
dents that combines so many merits
in so attractive a form.

White's First Lessons in Greek.

Prepared to accompany Goodwin's Greek Grammar, and designed as an Introduction either to his Greek Reader or to his *Selections from Xenophon and Herodotus*, or to the *Anabasis* of Xenophon. By JOHN WILLIAMS WHITE, Ph.D., Professor of Greek in Harvard University. 12mo. Half-morocco. x + 286 pages. Mailing Price, $1.30; Introduction, $1.20; Allowance for old book, 25 cents.

A SERIES of eighty lessons, with progressive Greek-English and English-Greek Exercises, *taken mainly from the first four books of Xenophon's Anabasis.* The Exercises consist wholly of complete sentences, followed by a series of Additional Exercises on Forms, and complete Vocabularies. These lessons are carefully graded, and do not follow the order of arrangement of the Grammar, but begin the study of the verb with the second lesson, and then pursue it alternately with that of the remaining parts of speech.

Alexander Kerr, *Prof. of Greek, University of Wisconsin:* The best book for beginners which I have ever examined.

E. H. Wilson, *Prin. of High School, Middletown, Conn.:* It is the best book for beginners in Greek I have ever used.

Companion of Parallel References to Hadley and

Allen's Greek Grammar.

Designed to accompany the second edition of *A Series of First Lessons in Greek.* By JOHN WILLIAMS WHITE, Ph.D. iv + 45 pages. This pamphlet accompanies all copies of *White's First Lessons in Greek* free of charge, when so ordered, and thoroughly adapts the *First Lessons in Greek* to use with Hadley & Allen's Grammar. Exact parallels have been found to almost all the references in the *Lessons*, and the new references are more than simple parallels : they are made to present the particular point or subject *fully and completely.*

Leighton's New Greek Lessons.

With references to Hadley's Greek Grammar as well as to Goodwin's New Greek Grammar. Intended as an Introduction to Xenophon's *Anabasis* or to Goodwin's Greek Reader. By R. F. LEIGHTON, Ph.D. (Lips.), formerly Principal Brooklyn High School, N.Y. 12mo. Half-morocco. 283 pages. Mailing Price, $1.30; Introduction, $1.20; Allowance, 25 cents.

A BOUT seventy easy and well-graded lessons, both Greek and English, introduce the pupil to the first book of Xenophon's *Anabasis*, from which the Exercises and Vocabularies are mainly selected. The amount of matter to be translated into Greek is sufficient to prepare a student for most American colleges.

COLLEGE SERIES OF GREEK AUTHORS.

EDITED BY

PROFESSOR JOHN WILLIAMS WHITE AND

PROFESSOR THOMAS D. SEYMOUR.

THIS series will include the works either entire or selected of all the Greek authors suitable to be read in American colleges. The volumes contain uniformly an Introduction, Text, Notes, Rhythmical Schemes where necessary, an Appendix including a brief bibliography and critical notes, and a full Index. In accordance with the prevailing desire of teachers, the notes are placed below the text, but to accommodate all, and, in particular, to provide for examinations, the text is printed and bound separately, and sold at the nominal price of twenty cents. In form the volumes are a square octavo. All except text editions are bound both in cloth and in paper. Large Porson type, and clear, diacritical marks emphasize distinctions and minimize the strain upon the student's eyes. As the names of the editors are a sufficient guaranty of their work, and as the volumes thus far issued have been received with uniform favor, the Publishers have thought it unnecessary to publish recommendations. See also the *Announcements*.

The Clouds of Aristophanes.

Edited on the basis of Kock's edition. By M. W. HUMPHREYS, Professor in University of Texas. Square 8vo. 252 pages. Cloth: Mailing Price, $1.35; Introduction, $1.25. Paper, $1.00 and 95 cents. **Text Edition**: 88 pages. Paper: Mailing Price, 25 cents; Introduction, 20 cents.

SINCE the place of Aristophanes in American Colleges is not definitely fixed, the Commentary is adapted to a tolerably wide range of preparation.

The Bacchantes of Euripides.

Edited on the basis of Wecklein's edition. By I. T. BECKWITH, Professor in Trinity College. Square 8vo. 146 pages. Cloth: Mailing Price, $1.15; Introduction, $1.10. Paper, 85 cents and 80 cents. **Text Edition**: 64 pages. Paper: Mailing Price, 25 cents; Introduction, 20 cents.

The Protagoras of Plato.

Edited on the basis of Sauppe's edition, with additions. By Principal J. A. Towle, of Norfolk, Conn. Square 8vo. 175 pages. Cloth: Mailing Price, $1.35; Introduction, $1.25. Paper: $1.05 and 95 cents. Text Edition: 69 pages. Paper: Mailing Price, 25 cents; Introduction, 20 cents.

THE *Protagoras* is perhaps the liveliest of the dialogues of Plato. In few dialogues is the dramatic form so skilfully maintained without being overborne by the philosophical development. By the changing scenes, the variety in the treatment of the theme, and the repeated participation of the bystanders, the representation of a scene from real life is vivaciously sustained.

Noticeable, too, is the number of vividly elaborated characters: Socrates, ever genial, ready for a contest, and toying with his opponents. Protagoras, disdainful toward the other sophists, condescending toward Socrates. Prodicus, surcharged with synonymic wisdom. Hippias, pretentious and imposing. The impetuous Alcibiades and the tranquil Critias.

Herr Geheim-Rath Sauppe is the Nestor of German philologists, and his Introduction and Commentary have been accepted as models by scholars.

The Antigone of Sophocles.

Edited on the basis of Wolff's edition. By Martin L. D'Ooge, Ph.D., Professor of Greek in the University of Michigan. Square 8vo. 196 pages. Cloth: Mailing Price, $1.50; Introduction, $1.40. Paper: $1.20 and $1.10. Text Edition: 59 pages. Paper: Mailing Price, 25 cents; Introduction, 20 cents.

THE Commentary has been adapted to the needs of that large number of students who begin their study of Greek tragedy with this play. The Appendix furnishes sufficient material for an intelligent appreciation of the most important problems in the textual criticism of the play. The rejected readings of Wolff are placed just under the text. The rhythmical schemes are based upon those of J. H. Heinrich Schmidt.

Thucydides, Book I.

Edited on the basis of Classen's edition. By the late Charles D. Morris, M.A. (Oxon.), Professor in the Johns Hopkins University. Square 8vo. 353 pages. Cloth: Mailing Price, $1.75; Introduction, $1.65. Paper: $1.45 and $1.35. Text Edition: 91 pages. Paper: Mailing Price, 25 cents; Introduction, 20 cents.

Thucydides, Book V.

Edited on the basis of Classen's edition. By Harold North Fowler,
Ph.D., Instructor in Harvard University. Square 8vo. 213 pages.
Cloth: Mailing Price, $1.50; Introduction, $1.40. Paper: $1.20 and
$1.10. **Text Edition**: 67 pages. Paper: Mailing Price, 25 cents; In-
troduction, 20 cents.

Thucydides, Book VII.

Edited on the basis of Classen's edition. By CHARLES FORSTER SMITH,
Ph.D., Professor of Greek in Vanderbilt University. Square 8vo. 202
pages. Cloth: Mailing Price, $1.50; Introduction, $1.40. Paper: $1.20
and $1.10. **Text Edition**: 68 pages. Paper: Mailing Price, 25 cents;
Introduction, 20 cents.

THE main object of these editions of Books I., V., and VII. of
Thucydides is to render Classen's Commentary accessible to
English-speaking students. His text has been followed with few
exceptions. The greater part of his notes, both exegetical and
critical, are translated in full. But all the best commentaries on
Thucydides, and the literature of the subject generally, have been
carefully studied to secure the best and latest results of Thucy-
didean research. Frequent reference is made not only to the
standard grammars published in the United States, but also to
the larger works of Krüger and Kühner. Each volume is provided
with a full index.

Xenophon, Hellenica, Books I.–IV.

Edited on the basis of the edition of Büchsenschütz, by IRVING J.
MANATT, Ph.D., LL.D., Chancellor of the University of Nebraska.
Square 8vo. 300 pages. Cloth: Mailing Price, $1.75; Introduction,
$1.65. Paper: $1.45 and $1.35. **Text Edition**: 138 pages. Paper: Mail-
ing Price, 25 cents; Introduction, 20 cents.

THIS work, treating of an extremely interesting period of Greek
history, is admirably adapted to classes in rapid reading. The
Commentary deals largely with the history and antiquities of the
period, but provides grammatical information and suggestion for
those who desire to use this book for the review and inculcation
of grammatical principles. Very full indexes are added.

MATHEMATICS.

WENTWORTH'S SERIES.

THE publishers only follow the declared sentiment of the educational public in believing that Wentworth's mathematics have proved a remarkable and unqualified success.

"The most popular text-books issued within the last decade" appears to be the verdict generally agreed upon.

The secret of their excellence, as of genuine excellence and value in everything, seems easily stated, even if not easily analyzed. All the books give evidence not only of the expert mathematician, but of the practical teacher. At every step both instructor and student find their difficulties anticipated and their needs provided for. The method aims to secure mastery of the subject, and to impart a skill that will be of far more practical service than mere comprehension of the principles. The illustrative problems are therefore as varied and ingenious as possible, besides being carefully graded and supplied in ample quantity. Clearness, directness of method, the elimination of all superfluous matter, and that economy of mental force which is nowadays so essential, are distinguishing features, and the author's work is so thorough and finished in all parts that the books are found to wear with the minimum of friction, and remain long where they have been introduced.

According to the most accurate figures that could be obtained, March 1, 1888, there were in the United States about 175 colleges and 3000 schools which use either the Algebra, the Geometry, or the Trigonometry. Probably, on the average, two of the books are to be found in each of these institutions.

In addition to their general adoption in the United States, Wentworth's Mathematics are known to be used in leading institutions in Canada, Great Britain, Turkey, Syria, India, Japan, and the Hawaiian Islands.

Teachers are invited to send for circulars giving a full description of this series.